Sissi Ram

LA VIDA EN EL UNIVERSO

Sissi Ram

LA VIDA EN EL UNIVERSO

CONTACTO NTERSTELAR - DIPLOMACIA EN EL ESPACIO

Todos los derechos reservados

Copyright © 2024

Aviso legal :
PÃ¡gina 245

ISBN 9798301634079

Dedicado a los pioneros que asumen el reto de explorar lo
desconocido y construir un puente entre nuestro mundo y

"La vida en el universo"

Contenido

Prefacio

Bienvenido a nuestra guía detallada. En "Vida en el Universo: Contacto Interestelar – Diplomacia en el Espacio", te invitamos a explorar una cuestión que siempre ha fascinado a la imaginación humana: la posibilidad de la existencia de formas de vida extraterrestres y las posibles interacciones con ellas.

Desde tiempos inmemoriales, hemos mirado al cielo y nos hemos preguntado si estábamos solos en el universo. Cada vez hay más señales de que puede que no estemos solos, que también puede haber otros seres inteligentes en el cosmos que también se esfuerzan por el contacto y el intercambio.

Esta guía invita a la reflexión y al debate abierto. Observamos la posibilidad de cómo podríamos comportarnos como individuos, sociedad y humanidad cuando entramos en contacto con seres extraterrestres. A través de diversos escenarios, supuestos encuentros y las reacciones de gobiernos e instituciones, arrojamos luz sobre cómo podemos prepararnos para esta situación extraordinaria.

En un momento en que la tecnología y la ciencia avanzan rápidamente, es crucial considerar las implicaciones éticas, sociales y culturales de los encuentros extraterrestres. Nuestro libro te anima a pensar en posibles escenarios y a desarrollar un enfoque constructivo para una coexistencia armoniosa con civilizaciones extraterrestres.

Esperamos que este libro despierte su interés, le haga pensar y le ofrezca sugerencias sobre cómo nosotros, como sociedad, podríamos lidiar con un posible encuentro con vida extraterrestre. Sólo a través de un debate abierto y la voluntad de mirar hacia nuevas perspectivas podemos prepararnos para un futuro que vaya más allá de los límites de nuestro planeta.

Gracias por elegir "La Vida en el Universo: Contacto Interconti-nental – Diplomacia en el Espacio". Esperamos poder acom-pañarte en este fascinante viaje de exploración e imaginación.

Atentamente,

Sissi Ram y equipo

Introducción

¡Queridos lectores!

Durante siglos, la humanidad se ha preocupado por la cuestión de la vida extraterrestre. A medida que crece nuestro conocimiento del universo, se hace cada vez más probable que existan formas de vida inteligentes en algún lugar "allá afuera". Pero, ¿qué debemos hacer si un día nos encontramos con extraterrestres? ¿Cómo podemos construir una relación positiva y productiva con ellos?

Para todos aquellos que se preguntan si la comunicación con nuestros vecinos galácticos es realmente posible, me gustaría enviar un mensaje irónico pero claro. Cuando oficiales de alto rango y funcionarios del gobierno informan de encuentros del tercer tipo y publican fotos de ovnis, debemos creerles. Porque no somos mentirosos, no somos tontos que puedan ser tomados por tontos. Somos personas con razón y sentido de la realidad. Se nos abren dos opciones: o nos tenemos que acostumbrar a la idea de que los extraterrestres no sólo existen, sino que ya han visitado nuestra Tierra o ya están entre nosotros. La segunda variante sería que lo hacemos como los gobiernos que niegan constantemente que haya algo, y entonces realmente tenemos que pensar si estamos en un cuento de hadas. La pregunta es: ¿Cómo ves eso? ¿Realidad o cuento de hadas? Piénsalo.

Este libro, titulado "Vida en el Universo: Contacto Interestelar – Diplomacia en el Espacio", te lleva a un fascinante viaje donde exploramos varios aspectos del contacto extraterrestre. Exploramos las posibilidades y desafíos que puede traer un encuentro con vida extraterrestre. Cubrimos temas como la preparación, los diferentes tipos de contacto, las posibles relaciones diplomáticas y el futuro de la humanidad en el contexto de la vida extraterrestre.

Esta guía sirve como guía para preparar a la humanidad para un posible encuentro con vida extraterrestre y para minimizar los riesgos y desafíos. Cada vez más a menudo, nos enfrentamos a noticias sobre fenómenos inexplicables y objetos voladores desconocidos. La opinión de que los extraterrestres han estado viviendo entre nosotros de alguna forma durante mucho tiempo también se está volviendo cada vez más común. ¿Hemos pensado ya en cómo deberíamos comportarnos ante una situación así?

"Vida en el Universo: Contacto Interestelar – Diplomacia en el Espacio" arroja luz sobre cuestiones legales, éticas, filosóficas y espirituales que podrían surgir de un evento así desde el punto de vista de una persona normal. No nos gusta presentar resultados científicos porque no son accesibles, pero te ofrecemos un espacio para expandir tu propia imaginación y comprensión. Un encuentro del tercer tipo puede ofrecer perspectivas emocionantes y fascinantes, pero no debemos olvidar los desafíos y los riesgos. Entonces, ¿por qué no tratar de prepararnos para lograr un alto nivel de cooperación y comprensión? Esto podría asegurar una posible coexistencia o cooperación con especies extraterrestres.

Un encuentro de este tipo podría brindar a las personas una oportunidad única para ampliar sus horizontes y llevar el conocimiento y la tecnología a un nuevo nivel. Es nuestra responsabilidad asegurarnos de que gestionamos este encuentro de forma pacífica y sostenible, respetando los derechos e intereses de todas las especies implicadas. Con "Vida en el Universo: Contacto Interestelar – Diplomacia en el Espacio" nos gustaría darle que pensar sobre estas importantes preguntas y posiblemente prepararse para un encuentro con vida extraterrestre. Tenga en cuenta que la guía pretende ser una guía y no proporciona respuestas definitivas a las preguntas sobre el contacto extraterrestre. El futuro del contacto extraterrestre sigue siendo un área fascinante y desconocida que se investiga y discute constantemente.

¡Gracias por tu interés y buena suerte en explorar la conversación galáctica!

Importancia del contacto extraterrestre

Perspectivas históricas

Justo al principio, nos gustaría abordar la pregunta de ¿por qué el contacto extraterrestre es de gran interés para los humanos? Desde tiempos inmemoriales, nos ha preocupado la idea de la vida extraterrestre y nos fascina la idea de que no estamos solos en el universo. Las razones de este interés son múltiples y van desde la búsqueda de nuevas percepciones hasta preguntas existenciales más profundas.

La naturaleza humana se caracteriza por la curiosidad y el deseo de descubrimiento. La posibilidad de encontrar vida extraterrestre es uno de los descubrimientos más fascinantes y profundos que queremos abordar. La idea de que puede haber formas de vida inteligentes en otros planetas o en otras galaxias despierta nuestro espíritu de descubrimiento y nos impulsa a buscar nuevos conocimientos. El contacto extraterrestre puede prometer respuestas a preguntas fundamentales sobre el universo y nuestra propia existencia.

¿De dónde venimos?

¿Estamos solos en el universo?

¿Existen otras civilizaciones inteligentes?

La búsqueda de vida extraterrestre puede ayudarnos a comprender mejor nuestro lugar en el universo y ampliar nuestras perspectivas sobre la vida y la existencia.

La idea de la vida extraterrestre también tiene un impacto en nuestro progreso tecnológico. Si es posible entrar en contacto con una civilización extraterrestre avanzada, podríamos beneficiarnos de sus conocimientos y tecnologías. El contacto extraterrestre podría ayudarnos a desarrollar nuestras propias capacidades tecnológicas y encontrar nuevas soluciones a los desafíos globales.

El contacto con formas de vida extraterrestres tendría una profunda influencia en nuestra visión del mundo. Nos obligaría a replantearnos nuestras ideas sobre la singularidad de la tierra y de la vida humana. Tendríamos que recordar que somos parte de un universo mucho más grande y diverso donde hay innumerables oportunidades para la vida y el desarrollo. El contacto extraterrestre también podría permitir el intercambio cultural y la cooperación entre diferentes civilizaciones inteligentes. Tendríamos la oportunidad de aprender de otras culturas, de adoptar nuevas perspectivas y de trabajar juntos en los desafíos mundiales. La comunicación con extraterrestres podría conducir a un enriquecimiento de nuestra propia cultura y sociedad.

La idea de la vida extraterrestre también podría poner en tela de juicio las creencias religiosas y filosóficas. El contacto extraterrestre podría llevarnos a replantearnos nuestras creencias religiosas y buscar nuevas respuestas a preguntas teológicas. También podría suscitar debates filosóficos sobre cuestiones como la identidad, la moralidad y el propósito de la vida.

Un visitante desde el espacio podría provocar cambios sociales profundos. El descubrimiento de una civilización extraterrestre ampliaría nuestras nociones de nacionalidad, raza y cultura. Podría conducir a una mayor cooperación mundial para abordar desafíos comunes y promover la coexistencia pacífica entre diferentes especies inteligentes. Sería importante que respetáramos los hábitats y los derechos de otras especies para permitir una convivencia armoniosa. ¿Cómo podemos garantizar que la comunicación se lleve a cabo en igualdad de condiciones y que aprendamos de ellos sin violar sus derechos? Estos temas requieren una consideración cuidadosa y un marco ético para garantizar que el contacto extraterrestre sea positivo y respetuoso para todos los involucrados.

La interacción con formas de vida extraterrestres también plantearía desafíos tecnológicos y científicos. Comunicarse con una inteligencia completamente diferente puede requerir el desarrollo de nuevos métodos y tecnologías de comunicación. Además, también tendríamos que considerar el impacto del contacto extraterrestre en nuestros propios avances tecnológicos y científicos. Podría generar nuevos conocimientos e innovaciones en diversos campos como la astronomía, la biología y la física.

También es crucial que lidiemos conscientemente con los posibles efectos del contacto extraterrestre y nos aseguremos de lidiar con él de manera responsable si ocurre. Explorar la vida extraterrestre y prepararse para el contacto requiere una amplia discusión y colaboración a escala global.

La cooperación internacional sería de gran importancia en este contexto. El contacto extraterrestre sería un problema global que requiere la cooperación entre todos o la mayoría de los países. También sería importante que los gobiernos, los científicos y las organizaciones compartieran sus recursos e información para trabajar juntos en la investigación y la comunicación con formas de vida extraterrestres. Podrían elaborarse acuerdos y protocolos internacionales para garantizar el intercambio de conocimientos y la protección de todas las partes interesadas.

Además, sería crucial que nos preparáramos para diferentes escenarios en lo que respecta al contacto extraterrestre. Es posible que nos encontremos con formas de vida inteligentes y amigables, pero también existe la posibilidad de encontrarnos con una especie completamente desconocida y potencialmente hostil. Debemos prepararnos para el desarrollo de protocolos y estrategias para hacer frente a diferentes situaciones y asegurarnos de que podemos responder adecuadamente.

El contacto extraterrestre también podría tener un impacto en nuestro entorno natural. Por ejemplo, si obtenemos información sobre otros planetas habitables, podríamos tener la oportunidad de ampliar nuestra búsqueda de nuevos hábitats. Esto podría llevarnos a preocuparnos más por la protección y preservación de nuestro propio medio ambiente con el fin de garantizar un futuro sostenible.

El contacto extraterrestre tendría, sin duda, una gran influencia en la cultura popular. Libros, películas, juegos y otros medios tratarían el tema de la vida extraterrestre y el contacto. Daría lugar a nuevas historias, mitos y leyendas y encendería aún más nuestra imaginación. La cultura popular también podría servir como un medio para hacer que la información y las ideas sobre el contacto extraterrestre estén disponibles para una amplia audiencia.

Podemos decir fácilmente que el contacto extraterrestre es un tema que nos desafía e inspira como sociedad. Abre nuevas perspectivas, hace preguntas sobre nuestra propia existencia y fomenta una reflexión profunda. Al abordar estos problemas y prepararnos para posibles escenarios, podemos asegurarnos de que podemos responder adecuadamente y beneficiarnos del contacto fuera del terreno en caso de que ocurra en el futuro.

Explorar la vida extraterrestre y prepararse para el contacto requiere una amplia discusión y colaboración a escala global. Es crucial que los gobiernos, los científicos y la sociedad en su conjunto trabajen en estrecha colaboración para comprender el impacto potencial del contacto extraterrestre y abordar conjuntamente los desafíos éticos, tecnológicos y sociales. A través de la cooperación internacional, se pueden compartir recursos e información para avanzar en la investigación y la comunicación con formas de vida extraterrestres. Podrían elaborarse acuerdos y protocolos internacionales para promover el intercambio de conocimientos y garantizar la protección de todas las partes interesadas.

Además, debemos prepararnos para diferentes escenarios con el fin de responder adecuadamente al contacto extraterrestre. Esto incluye el desarrollo de nuevos métodos y tecnologías de comunicación, así como tener en cuenta el impacto en nuestro medio ambiente y la protección de nuestros propios recursos naturales. Sin duda, el contacto extraterrestre también influiría en la cultura popular e inspiraría nuevas obras creativas. Libros, películas, juegos y otros medios ya han tratado y seguirán tratando el tema de la "vida extraterrestre y el contacto". Esto podría contribuir a la formación y a la sensibilización de la opinión pública.

La idea de los visitantes del espacio es un tema fascinante que nos anima a reflexionar sobre nuestra existencia, nuestro lugar en el universo y los desafíos éticos y tecnológicos que conlleva. Debemos abordar estas preguntas y comenzar a prepararnos para un posible contacto extraterrestre como una comunidad global.

Retos y oportunidades

Este capítulo destaca los desafíos y oportunidades que pueden surgir con el contacto extraterrestre. Se señalan las posibles barreras lingüísticas, culturales y tecnológicas y se discuten los efectos que podrían tener en la comunicación.

Al mismo tiempo, se discuten las oportunidades potenciales, como el intercambio de conocimientos y perspectivas, la promoción del entendimiento intercultural y posibles proyectos conjuntos. El contacto extraterrestre nos presenta una serie de desafíos, pero también ofrece oportunidades fascinantes. Los desafíos lingüísticos pueden surgir porque es poco probable que los extraterrestres hablen o entiendan nuestros idiomas humanos. Por lo tanto, requiere una investigación y un análisis intensivos para encontrar una base común para la comunicación.

Otro aspecto que hay que tener en cuenta son las diferencias culturales. Las formas de vida extraterrestres podrían tener una percepción completamente diferente del mundo y tener diferentes sistemas de valores. Esto requiere que estemos dispuestos a cuestionar nuestras propias ideas culturales y a participar en nuevas formas de pensar.

También pueden surgir barreras tecnológicas, ya que la comunicación a largas distancias en el espacio puede requerir tecnologías avanzadas. El desarrollo y la aplicación de nuevas tecnologías de comunicación, como el uso del entrelazamiento cuántico u otros conceptos teóricos, pueden ser necesarios para permitir una comunicación eficaz. Los contactos desde el espacio también requieren fomento de la confianza y conciencia ética. Es importante adoptar una actitud respetuosa y responsable para evitar posibles efectos negativos en ambas partes. El establecimiento de pautas éticas y la reflexión continua de nuestras propias intenciones y acciones son de vital importancia aquí.

A pesar de estos desafíos, el contacto extraterrestre también ofrece inmensas oportunidades y potencial. El intercambio de conocimientos e información con una civilización extraterrestre inteligente podría hacer avanzar enormemente nuestro propio desarrollo. Podríamos beneficiarnos de su tecnología, sus conocimientos y sus percepciones y encontrar nuevas soluciones a los desafíos globales. El contacto con formas de vida extraterrestres nos ayudaría a expandir nuestra conciencia y a adquirir nuevas perspectivas. Podríamos reevaluar nuestras ideas sobre la vida y nuestra existencia en el universo y ampliar nuestra visión del mundo.

Este aumento de la conciencia podría conducir a una comprensión más profunda de la diversidad y la riqueza de la vida.

A través del contacto con diferentes civilizaciones extraterrestres, pudimos aprender sobre diferentes perspectivas culturales y desarrollar una comprensión más profunda de la diversidad y riqueza de la vida. Esto podría conducir a una mayor tolerancia, apertura y cooperación entre las diferentes culturas y sociedades. El contacto fuera del terreno también podría crear la base para proyectos conjuntos y cooperación. Al compartir recursos, conocimientos y tecnologías, podríamos trabajar juntos en desafíos globales como el cambio climático, el desarrollo sostenible o la exploración espacial. Esta cooperación tendría el potencial de allanar nuevos caminos para el progreso y la paz.

Sin embargo, siempre hay que tener en cuenta que el contacto extraterrestre ha sido hasta ahora puramente especulativo y no hay evidencia científica de la existencia de vida extraterrestre. No obstante, debemos hacer frente a los posibles desafíos y oportunidades de este contacto. Nos abre la oportunidad de ampliar nuestras perspectivas, encontrar nuevas formas de compartir conocimientos y colaborar, y comprender mejor nuestro lugar en el universo.

Estas ideas forman parte de un discurso fascinante y especulativo que inspira nuestra imaginación y nos hace pensar sobre nuestra propia existencia en el universo.

Destinatarios de la guía

En esta guía, queremos asegurarnos de que todas las personas, independientemente de su formación científica o técnica, tengan la oportunidad de tratar el tema del contacto extraterrestre. Nuestro objetivo es proporcionarte enfoques prácticos y conocimientos generales que puedan ayudarte en un posible encuentro con extraterrestres.

Nuestra guía no requiere amplios conocimientos científicos ni experiencia técnica. Hemos puesto mucho cuidado en hacer que el contenido sea comprensible y accesible para que todos los lectores, independientemente de su educación o experiencia profesional, puedan beneficiarse de la información. Quizás se pregunte por qué las personas sin conocimientos científicos o técnicos deberían estar interesadas en un tema así. La respuesta está en nuestra sed innata de conocimiento y en nuestra curiosidad natural. El contacto extraterrestre es un tema fascinante que nos anima a usar nuestra imaginación y pensar más allá de nuestros propios límites. Nos ofrece la oportunidad de mirar más allá de los límites conocidos de la humanidad en su conjunto y de ampliar nuestras perspectivas.

Nuestra guía te ayudará a desarrollar estrategias básicas de comunicación y a fortalecer tus habilidades para lidiar con posibles formas de vida extraterrestres. Te mostraremos cómo utilizar la comunicación no verbal y el lenguaje corporal para hacerte entender, y cómo desarrollar una actitud abierta y respetuosa hacia otras culturas y formas de pensar. También cubriremos oportunidades sencillas para el intercambio y la comprensión de diferentes formas de pensar. Queremos mostrarte que no es imprescindible hablar un idioma común. Existen patrones y fundamentos de comunicación universales que pueden ayudarnos a intercambiar ideas con otras formas de vida inteligentes.

Tenga en cuenta que nuestra guía no puede proporcionar una descripción científica completa del tema del contacto extraterrestre. Más bien, es una guía práctica que te da herramientas y estrategias para prepararte para un posible encuentro. Nuestra esperanza es que todos los lectores, independientemente de sus antecedentes, se inspiren en esta guía para comenzar su propio viaje de exploración y comunicación con extraterrestres.

Estamos convencidos de que todo el mundo tiene la capacidad de aprovechar esta fascinante oportunidad para beneficiarse de ella. Al dirigirnos a personas sin conocimientos científicos o técnicos relacionados con la exploración del universo, queremos asegurarnos de que el tema del contacto extraterrestre sea accesible para todos.

Estamos convencidos de que todo el mundo tiene la capacidad de aprovechar esta fascinante oportunidad para beneficiarse de ella. Al dirigirnos a personas sin conocimientos científicos o técnicos relacionados con la exploración del universo, queremos asegurarnos de que el tema del contacto extraterrestre sea accesible para todos.

Además, trataremos los aspectos éticos del contacto extraterrestre. Es importante para nosotros que defienda sus valores y principios y actúe con respeto ante un posible encuentro con extraterrestres. Le proporcionaremos pautas y recomendaciones sobre cómo tomar decisiones éticas teniendo en cuenta el bienestar de las partes involucradas. Nos gustaría señalar que esta guía no pretende responder a todas las preguntas sobre el contacto extraterrestre. Explorar y comprender el universo es un proceso continuo, y todavía hay muchos misterios sin resolver.

Aún así, esperamos que esta guía te ayude a prepararte para un posible encuentro con alienígenas y mejore tus habilidades de comunicación.

Te animamos a mantener la mente abierta y a fomentar tu propia curiosidad. El contacto extraterrestre puede ser una experiencia única y transformadora. Al desarrollar nuestras habilida-

des de comunicación y estar dispuestos a aceptar lo desconocido, no solo podemos impulsar nuestro propio desarrollo, sino
también contribuir a un cambio positivo a escala global.

Conceptos básicos de comunicación

Diferentes formas de vida

Para comprender mejor las variantes de comunicación con los extraterrestres, es de gran importancia registrar las diferentes formas de vida conocidas y posibles. Nuestra idea actual de la vida se basa en los prerrequisitos que conocemos de la tierra. Se supone que estas condiciones también se aplican a la mayoría de las formas de vida restrianas. Sin embargo, también hay conceptos de vida extremófila que pueden existir en condiciones extremas y pueden tener otros requisitos.

En esta guía, analizamos en profundidad el tema de la comunicación con extraterrestres. Por supuesto, esto plantea la cuestión de qué tipo de formas de vida podrían ser. Si nos ocupamos de la tierra como punto de partida, necesitamos las condiciones básicas esenciales para que la vida tenga lugar. El agua, por ejemplo, es una parte crucial de la vida, ya que es esencial para las reacciones bioquímicas y el metabolismo de los organismos vitales. El carbono, a su vez, actúa como un bloque de construcción básico para los organismos vivos y forma la columna vertebral de sus moléculas y estructuras. Otro componente esencial para la vida, tanto en la Tierra como potencialmente en formas de vida extraterrestres, es el oxígeno. El oxígeno juega un papel vital en la producción de energía a través de la respiración celular y es indispensable para muchos organismos. A través de la respiración, organismos absorben oxígeno y liberan dióxido de carbono en el proceso.

Además, una atmósfera protectora es de gran importancia, ya que bloquea la radiación dañina del espacio y crea un entorno estable en el que la vida puede desarrollarse y prosperar. La atmósfera de la Tierra se compone principalmente de nitrógeno, oxígeno, argón y otros gases traza. El oxígeno forma una proporción significativa de la atmósfera y permite la supervivencia de muchos organismos vivos. La presencia de oxígeno en la atmósfera juega un papel crucial en el proceso de respiración, que es vital para muchos organismos superiores. Mientras que las plantas producen oxígeno a través de la fotosíntesis, los animales absorben oxígeno para obtener energía a través de la respiración celular.

Además, la atmósfera regula las temperaturas en la Tierra absorbiendo la radiación solar e irradiando calor al espacio. Esta interacción de la radiación y la atmósfera crea condiciones climáticas que son cruciales para la existencia y la diversidad de la vida en nuestro planeta. Además de los principales constituyentes mencionados anteriormente, la atmósfera también contiene hidrógeno, helio y pequeñas cantidades de otros gases.

La composición específica de la atmósfera actúa como un escudo protector contra las influencias nocivas del espacio, incluidos el intenso viento solar y los rayos cósmicos. Esta envoltura protectora permite que la superficie de la tierra proporcione un entorno en el que la vida compleja y diversa pueda desarrollarse y florecer.

Al considerar posibles formas de vida extraterrestre, es crucial investigar si sus respectivos planetas exhiben mecanismos de protección similares contra las condiciones extremas del espacio, y cómo lo hacen.

Estos componentes básicos (agua, carbono, oxígeno y una atmósfera protectora) forman la base de la vida en la Tierra y también podrían ser relevantes en la consideración de la vida extraterrestre. Es posible que las formas de vida extraterrestre tengan dependencias y requisitos similares en su entorno para existir. Por lo tanto, es importante tener en cuenta estos requisitos básicos cuando pensamos en la posibilidad de comunicarnos con extraterrestres.

Sin embargo, también es concebible que haya otras formas de vida que necesiten otros fundamentos para su existencia. En nuestro universo infinito, hay un número inimaginablemente grande de planetas en los que la vida podría existir. Pero, ¿qué entendemos exactamente por "vida" y qué formas de ella son posibles? En este capítulo se aborda precisamente esta cuestión.

En la Tierra, estamos acostumbrados a un número limitado de criaturas que podemos percibir con nuestros sentidos. Sin embargo, también hay vida invisible que solo se puede ver bajo el microscopio, como bacterias, virus y hongos. Estos organismos microscópicos representan una variedad de formas de vida que antes eran desconocidas para nosotros. Además de las formas de vida con las que estamos familiarizados, hay una increíble variedad de formas de vida animal. Desde pequeños insectos hasta majestuosos ballenas y elefantes, los animales existen en todo tipo de formas y tamaños. Hay animales que viven en el agua, los que vuelan en el aire y los que están adaptados a la vida en tierra. La diversidad de formas de vida animal muestra que hay una amplia gama de posibilidades. Las plantas también juegan un papel importante en la vida en la Tierra. Las plantas son capaces de generar energía a partir de la luz solar y el agua a través de la fotosíntesis. Forman la base de muchos ecosistemas en la tierra y proporcionan alimento y hábitat para numerosos animales. La diversidad de plantas muestra que hay diferentes formas de cómo podría ser la vida en otros mundos.

Ahora surge la pregunta: ¿Qué pasa con las formas de vida extraterrestres? ¿Qué aspecto podrían tener y cómo funcionar? Existen numerosas teorías y especulaciones al respecto. Algunos científicos creen que podría haber vida en otros planetas que evolucionaron de manera similar a la Tierra. Este punto de vista se basa en la suposición de que los componentes básicos de la vida, como el carbono y el agua, también están presentes en otras partes del universo.

Otros, sin embargo, piensan que puede haber formas de vida completamente inimaginables que ganan energía y sobreviven de otras maneras. Las posibilidades son ilimitadas. La mayoría de las formas de vida conocidas en la Tierra están basadas en el carbono, pero también es posible que otros elementos puedan servir como base para la vida. En algunos ambientes extremos, se ha encontrado vida a base de azufre u otros elementos químicos. Esto demuestra que podría haber diferentes bases químicas sobre las que se puede construir la vida. Otra posibilidad es que las formas de vida extraterrestre no existan sobre una base química, sino que podrían basarse en una física y biología fundamentalmente diferentes. Nuestra idea de la vida está fuertemente influenciada por las condiciones de la Tierra, pero en el universo profundo podría haber formas de vida completamente nuevas que funcionen de maneras que son completamente inexploradas por nosotros.

Por ejemplo, algunas teorías dicen que puede haber formas de vida orgánicas basadas en silicio en lugar de carbono. El silicio tiene propiedades químicas similares al carbono y, por lo tanto, podría servir como base para procesos bioquímicos alternativos. Tales formas de vida basadas en silicio podrían existir en entornos extremos donde la vida basada en el carbono no podría sobrevivir.

Propiedades fisiológicas

La diversidad de propiedades fisiológicas de las formas de vida extraterrestre abre un fascinante mundo de posibilidades. En la imaginación de encontrarse con una especie así, surge la pregunta de cómo respiran, cómo están estructurados sus cuerpos, cómo se alimentan, se reproducen y perciben su entorno.

El sistema respiratorio de las formas de vida extraterrestre podría ser completamente diferente al nuestro. Mientras respiramos oxígeno, estos seres pueden necesitar nitrógeno o metano como gases vitales, o pueden haber desarrollado una forma completamente diferente de absorber oxígeno que es extraña para nosotros.

La estructura del cuerpo podría variar de manera asombrosa. Con una variedad de extremidades, ojos, oídos y aberturas bucales, especialmente adaptadas a los requisitos de su entorno y estilo de vida, sus tamaños y formas corporales podrían revelar una nueva dimensión de la biodiversidad. El sistema digestivo también podría funcionar de manera fundamentalmente diferente, con fuentes de alimento y producción de energía completamente diferentes, posiblemente incluso sin un sistema digestivo convencional.

En la reproducción, las formas de vida extraterrestres pueden exhibir una fascinante gama de mecanismos reproductivos, desde esporas hasta gemación y división. Complejos rituales de apareamiento y una variedad de sexos podrían dar forma a su reproducción, lo que abriría una nueva perspectiva sobre el milagro de la vida. Además, sus órganos sensoriales podrían permitir una forma de percibir completamente diferente, como la visión infrarroja o ultrasónica.

Sin embargo, estos ejemplos ofrecen solo una pequeña visión de las posibles propiedades fisiológicas de las formas de vida extraterrestres, que desafortunadamente aún se desconocen. Es de gran importancia prepararse para las posibles diferencias fisiológicas, ya que nuestro conocimiento se ha basado hasta ahora en teorías especulativas y representaciones ficticias. La exploración requiere un pensamiento abierto y flexible, la voluntad de desafiar las ideas anteriores y la adaptación a lo desconocido.

Debemos ser conscientes de que las propiedades fisiológicas reales de las formas de vida extraterrestres, si existen, pueden estar completamente más allá de nuestra imaginación. Es importante estar preparado para el hecho de que podemos enfrentarnos a fenómenos que desafían nuestros modelos y explicaciones científicas actuales.

En este contexto, tiene sentido explorar más a fondo los límites de nuestras propias experiencias fisiológicas. Al estudiar a los extremófilos en la Tierra y fomentar la colaboración interdisciplinaria, podemos comprender mejor las posibles adaptaciones y estrategias de supervivencia de las formas de vida extraterrestres. Las propiedades fisiológicas de las formas de vida extraterrestre podrían contener un mundo lleno de sorpresas y maravillas, y sigue siendo emocionante prepararse para estas posibilidades, mantener la curiosidad y abrirse a lo desconocido. Porque tal vez llegue el día en que podamos conocer a una forma de vida extraterrestre y maravillarnos con la diversidad fisiológica del universo con nuestros propios ojos.

Propiedades biológicas

Digamos que somos testigos de un descubrimiento extraordinario: un encuentro con vida extraterrestre. La emoción y la curiosidad serían difíciles de superar. A medida que nos involucramos con lo desconocido, sería importante observar también las propiedades biológicas de estas formas de vida alienígenas.

La primera propiedad fascinante en la que podríamos pensar es el metabolismo. Las formas de vida extraterrestres podrían tener un metabolismo completamente diferente al de los ben que conocemos de la Tierra. Pueden estar utilizando una fuente de energía que antes era desconocida para nosotros, o pueden tener un metabolismo increíblemente eficiente que les permite arreglárselas con un mínimo de comida.

Otro aspecto importante es la reproducción. Hay innumerables formas en las que la vida extraterrestre podría multiplicarse. Algunos pueden preferir la reproducción asexual, en la que se reproducen sin pareja, mientras que otros pueden practicar la reproducción sexual, que implica la unión de células sexuales. Pero más allá de eso, las formas de vida extraterrestres también podrían usar formas de reproducción que son completamente ajenas a nosotros. La reproducción no solo puede ser un aspecto biológico, sino que también puede tener efectos psicológicos, como el comportamiento de apareamiento, la elección de pareja o el desarrollo del comportamiento parental. Por lo tanto, en el estudio de la reproducción de la vida extraterrestre, los aspectos biológicos y psicológicos podrían superponerse.

Otro aspecto que desafía nuestra imaginación es la esperanza de vida. La esperanza de vida de las formas de vida extraterrestres podría diferir significativamente de la nuestra. Algunos podrían existir solo por un corto tiempo, mientras que otros podrían durar miles o incluso millones de años. El concepto de tiempo y envejecimiento podría desarrollarse en una dimensión completamente nueva. Una característica notable de la vida terrestre es su capacidad para adaptarse a diferentes entornos. Por lo tanto, es muy posible que la vida extraterrestre también posea esta capacidad y pueda existir en entornos extremos que serían inhóspitos para la vida terrestre. Podríamos encontrarnos con especies que prosperan en temperaturas extremas, bajo alta presión o incluso en el vacío del espacio.

Los sentidos de las formas de vida extraterrestre también podrían ser un mundo lleno de sorpresas. Pueden poseer sentidos que son completamente desconocidos para nosotros o han desarrollado algún tipo de sistema sensorial para percibir su entorno de una manera de la que no tenemos idea.

Tenemos que reconocer que nuestro conocimiento de las características biológicas de las formas de vida extraterrestre es extremadamente limitado. Nuestras experiencias se basan únicamente en la vida que conocemos en la Tierra. Por lo tanto, solo podemos especular e hipotetizar qué formas de vida podrían existir en el universo. La verdadera diversidad y naturaleza de la vida extraterrestre, si es que existe, está en última instancia oculta para nosotros.

A pesar de estas limitaciones, es crucial que nos preparemos para las posibles diferencias biológicas en caso de que alguna vez entremos en contacto con vida extraterrestre. Al ser conscientes de que la diversidad de la vida en el universo está mucho más allá de nuestra imaginación, podemos responder de manera más abierta y respetuosa a estos posibles encuentros.

Explorar las propiedades biológicas de las formas de vida extraterrestres no solo superaría nuestros límites científicos, sino que también revolucionaría nuestra imaginación y comprensión de la vida misma. Nos ayudaría a cuestionar nuestras propias suposiciones y prejuicios y a desarrollar nuevas perspectivas sobre la existencia y el propósito de "La vida en el universo: la diplomacia del contacto interestelar en el espacio". Como guía para la posible interacción con la vida extraterrestre, debemos estar abiertos, escuchar atentamente y aprender. Podríamos descubrir que sus características biológicas y su forma de vida son sorprendentemente diferentes de lo que estamos acostumbrados. Estas diferencias deben verse como un enriquecimiento que puede ayudarnos a comprender mejor la complejidad y la belleza del universo.

En última instancia, explorar las propiedades biológicas de la vida extraterrestre sigue siendo un viaje emocionante, pero también lleno de muchas incógnitas. Es un camino de descubrimiento, asombro y asombro por la inconmensurable diversidad del universo. A medida que continuamos buscando respuestas, debemos ser conscientes de que es posible que solo estemos arañando la superficie de lo que es posible, y que el verdadero misterio de la vida extraterrestre aún está esperando ser descubierto.

Características psicológicas

En las infinitas extensiones del universo, donde representamos solo un pequeño punto, se esconde la posibilidad de encontrar vida extraterrestre. Pero, ¿cómo podían pensar y actuar estos seres alienígenas? La comprensión de las características psicológicas nos presenta un gran desafío, porque nuestras investigaciones hasta ahora se han limitado al comportamiento de los humanos y los animales aquí en la tierra.

Con el fin de prepararnos para las posibles propiedades psicológicas de las formas de vida extraterrestres, necesitamos ampliar nuestro conocimiento de las percepciones, el aprendizaje y los estados emocionales. Tiene sentido investigar el procesamiento de la información, el almacenamiento y la recuperación de información en seres extraterrestres. Esto ayudará a obtener una mejor comprensión de sus habilidades de pensamiento. ¿Cómo perciben su entorno? ¿Cómo piensan y resuelven los problemas? ¿Cómo funciona su memoria? Pero no sólo los aspectos individuales de la psique son importantes. Las estructuras sociales y las interacciones de las formas de vida extraterrestre también debían ser investigadas. ¿Cómo dan forma a sus sociedades? ¿Qué papel juega la comunicación y la cooperación en su convivencia? Al involucrarnos con los comportamientos sociales, podemos desarrollar una mejor comprensión de sus características psicológicas y prepararnos para la interacción con culturas extraterrestres.

Otro aspecto importante es la cuestión de las ideas morales y éticas. Lo que es correcto o incorrecto para nosotros no necesariamente se aplica a la vida extraterrestre. Por lo tanto, es de gran importancia cuestionar nuestros propios conceptos morales y normas éticas y discutir abiertamente las posibles diferencias. Esta es la única forma en que podemos crear una base para tratar la vida extraterrestre con respeto.

Las emociones de las formas de vida extraterrestre también merecen nuestra atención. La alegría, el miedo, el amor, el odio, la curiosidad, la empatía y la agresión pueden ser similares o completamente diferentes en ellos. Al tratar con el rango emocional, podemos prepararnos mejor para los diferentes comportamientos y reacciones que podrían esperarnos en caso de un posible encuentro.

Requiere un amplio espectro de comprensión y apertura para captar la diversidad de pensamiento, sentimiento y acción en otras formas de vida. Solo con un enfoque respetuoso y de mente abierta podemos esforzarnos por una interacción armoniosa con la vida extraterrestre, si alguna vez entramos en contacto con ellos. La posibilidad de encontrarse con lo desconocido abre un mundo lleno de fascinación y desafíos que pueden expandir nuestra comprensión del universo y de nosotros mismos a dimensiones sin precedentes.

Al prepararnos para las propiedades fisiológicas, biológicas y psicológicas de la vida extraterrestre, estamos dando un paso importante para estar preparados para posibles encuentros y explotar el potencial para el intercambio interestelar. Es importante que dejemos de lado nuestras propias suposiciones y prejuicios y nos involucremos en lo nuevo e inesperado. Requiere una apertura de mente para participar en otras formas de pensar, sentir y actuar que pueden parecernos ajenas.

Al reconocer que nuestras propias experiencias y perspectivas son solo una pequeña parte de la diversidad general de la vida en el universo, podemos crear una atmósfera de respeto y curiosidad. El estudio de las propiedades fisiológicas, biológicas y psicológicas de las formas de vida extraterrestres no solo es de interés académico, sino que también tiene implicaciones prácticas para la forma en que nos preparamos para un posible encuentro. Nos abre la posibilidad de desarrollar nuevas tecnologías que permitan la comunicación y la interacción con especies extraterrestres. Puede ayudarnos a tomar las medidas adecuadas para proteger nuestro propio medio ambiente y los hábitats exóticos. Además, también puede ayudarnos a reflexionar y apreciar nuestra propia humanidad y nuestro lugar en el universo.

Está en nuestra naturaleza, como especies curiosas y exploratorias, buscar respuestas a las grandes preguntas de la vida. La búsqueda de vida extraterrestre y la comprensión de sus propiedades fisiológicas, biológicas y psicológicas forman parte de esta fascinante aventura. Nos recuerda lo diversa que puede ser la vida y lo mucho que aún nos queda por descubrir. Así que todo lo que nos queda es la anticipación de lo desconocido que puede esperarnos en las profundidades del universo. Explorar estos nuevos horizontes puede ayudarnos no solo a ampliar nuestra comprensión del universo, sino también a conocernos mejor y apreciar nuestra humanidad. Es un privilegio extraordinario ser parte de esta emocionante era de exploración y desvelar los misterios del universo pieza por pieza.

Bases comunes de comunicación

Para prepararnos para las posibles propiedades psicológicas de las formas de vida extraterrestres, necesitamos ampliar nuestro conocimiento de la percepción mental, el aprendizaje y los estados emocionales. Necesitamos explorar los fundamentos del procesamiento y almacenamiento de información, pero también la recuperación de información de la memoria para comprender mejor las habilidades intelectuales de los seres extraterrestres. ¿Cómo perciben su entorno?

¿Cómo piensan y resuelven los problemas? ¿Cómo funciona su memoria? La comunicación interestelar nos presenta desafíos únicos cuando intentamos ponernos en contacto con formas de vida extraterrestres. Con el fin de permitir un intercambio de información, deberíamos ocuparnos de los elementos básicos de la comunicación y, posiblemente, también cuestionar nuestras propias ideas culturales. Estudiaremos diversas oportunidades de intercambio con el fin de poder crear un terreno común.

La comunicación juega un papel central en el establecimiento de una conexión y la construcción de un entendimiento mutuo entre los humanos y las formas de vida extraterrestres. Esta es la única forma en que podemos intercambiar pensamientos e información para lograr objetivos comunes y evitar malentendidos. Veremos que la comunicación no solo consiste en la transmisión lingüística, sino que también debe incluir elementos no verbales como el lenguaje corporal y las emociones. El lenguaje es un componente clave para un diálogo interestelar. Sin embargo, también debemos tener en cuenta que las diferentes especies pueden usar diferentes idiomas o incluso tener sistemas de comunicación completamente diferentes. Por lo tanto, es crucial desarrollar una comprensión básica de la estructura, el significado y la diversidad del lenguaje para permitir una comunicación efectiva con los extraterrestres.

Las emociones, pero también el lenguaje corporal, juegan un papel importante en el intercambio interestelar. Independientemente de la forma de vida que sea, las emociones son señales universales para ciertos estados y también pueden representar reacciones a ciertas formas de hacer las cosas. Por lo tanto, es importante examinar más de cerca el tema de la comunicación no verbal, es decir, el lenguaje corporal. Requiere apertura, sensibilidad y la voluntad de reconocer y respetar las diferencias para permitir la comunicación con los extraterrestres. Por lo tanto, como base para la comunicación interestelar, es importante desarrollar estrategias de comunicación que puedan reconciliar la comprensión del lenguaje, las emociones, el lenguaje corporal y las diferencias culturales.

Nos gustaría enumerar algunas pautas básicas que pueden ayudarnos a comunicarnos con formas de vida extraterrestres:

Apertura y curiosidad: Estemos abiertos a nuevas experiencias e ideas. Consideremos la comunicación con los ciudadanos no terrestres como una oportunidad para el intercambio intercultural y seamos curiosos sobre sus formas de pensar y perspectivas.

Empatía y sensibilidad: La empatía nos permite ponernos en el lugar de los demás y comprender sus sentimientos y necesidades. Para hacer una conexión más profunda, debemos esforzarnos por ser empáticos y considerar la perspectiva de las formas de vida extraterrestres. Al percibir y respetar sus emociones y reacciones, podemos fortalecer la confianza y lograr una comunicación más armoniosa.

Comunicación clara y concisa: Dado que pueden producirse barreras lingüísticas y diferencias culturales, es importante transmitir mensajes claros y concisos. Evitemos el lenguaje complicado o las expresiones culturalmente específicas y utilicemos conceptos simples y universales para comunicar nuestras intenciones. Además, podemos utilizar medios visuales o simbólicos para respaldar nuestros mensajes y minimizar los malentendidos.

Paciencia y respeto: La comunicación interestelar requiere paciencia, ya que se necesita tiempo para superar las barreras del idioma y desarrollar una comprensión más profunda. Seamos respetuosos de los diferentes estilos de comunicación y velocidades de las formas de vida extraterrestres. Al darles espacio para expresarse y esperar pacientemente sus reacciones, podemos crear una atmósfera de confianza. Se puede suponer que nuestra forma de vida y nuestra comunicación con las formas de vida extraterrestre son un juego de paciencia. En este caso, podemos esperar que también se nos muestre respeto y paciencia.

Si somos capaces de observar estos principios básicos de la comunicación y nos centramos en la empatía, la sensibilidad, los mensajes claros, la paciencia y la voluntad de aprender, podemos establecer una comunicación intercontinental eficaz y enriquecedora. Es nuestra responsabilidad construir un puente entre las diferentes formas de vida y promover el diálogo para lograr una comprensión más profunda del universo y de nuestra propia existencia.

Preparación para el contacto extraterrestre

Posibles formas de contacto

La humanidad siempre se ha preguntado qué tipos de contacto con vida extraterrestre serían posibles. Este subcapítulo está dedicado precisamente a esta pregunta y arroja luz sobre los diversos escenarios que podrían ocurrir, así como las oportunidades y problemas asociados con ellos.

Primero, imaginemos un contacto pacífico. En un mundo donde los humanos y las formas de vida extraterrestre interactúan pacíficamente entre sí, la atención se centra en construir una comunicación exitosa. Al hacerlo, se deben superar las posibles barreras lingüísticas y culturales para desarrollar una comprensión profunda de los demás. Se necesita paciencia y apertura para generar confianza y desarrollar una relación positiva con los alienígenas.

Pero no todos los contactos son fáciles. También existe la posibilidad de conflicto con una forma de vida alienígena. En esos momentos, es crucial actuar bajo el sol y no reaccionar impulsivamente. Se deben evitar los gestos o acciones agresivas para evitar la escalada. En cambio, es importante mantener la calma y mantener una línea abierta de comunicación. Al observar de cerca el comportamiento de la forma de vida extraterrestre, sus intenciones pueden ser interpretadas y reaccionadas adecuadamente. Si es necesario, se puede utilizar la comunicación no verbal y los gestos para transmitir un mensaje. Sin embargo, la violencia siempre debe considerarse como un último recurso y solo debe usarse para protegerse a sí mismo o a los demás.

Además del conflicto, también existe la posibilidad de una amenaza directa de una forma de vida alienígena. En tales situaciones, es de suma importancia actuar con calma y prudencia para que la situación no se intensifique más. La postura agresiva o las armas dirigidas a los humanos pueden ser un gran desafío. Para desescalar la amenaza, se debe hablar con calma y lentitud, sin hacer gestos amenazantes. Se debe evitar el contacto visual, ya que esto puede interpretarse como agresión en algunas culturas (experiencias en la tierra). En su lugar, debes mostrar una actitud amistosa y tratar de evitar el contacto visual. Si es posible, es recomendable retirarse y dejar la habitación para relajar la situación. Además, se debe contactar de inmediato con las autoridades locales o los expertos que tengan los conocimientos y la tecnología necesarios para hacer frente a una amenaza de este tipo.

Todos queremos ayudar a promover la comprensión de cómo responder adecuadamente a las diferentes formas de contacto con la vida extraterrestre. Proporciona directrices para hacer frente a los encuentros pacíficos, las situaciones de conflicto y las amenazas. Al conocer los cursos de acción correctos en cada situación, podemos mejorar nuestras posibilidades de comunicación interestelar exitosa al tiempo que garantizamos la seguridad y el bienestar de todos los involucrados.

Desafortunadamente, todas estas son consideraciones especulativas, ya que hasta ahora no tenemos ningún contacto probado con vida extraterrestre. Sin embargo, es importante abordar estas preguntas y discutir los posibles escenarios para estar preparados para el futuro. Solo a través de un enfoque reflexivo podemos enfrentar los desafíos emergentes y desarrollar aún más nuestras capacidades de comunicación interestelar.

Miedos y prejuicios

Es probable que algunas personas no quieran nada más que el contacto con especies extraterrestres. No tienen miedo, ni son inseguros, sino que están llenos de expectativa y alegría. Por supuesto, esto podría ser un error, porque no sabemos cómo reaccionará una posible forma de vida a un encuentro.

Para otras personas, un posible contacto con formas de vida desconocidas desencadenaría miedos y pánico. Se trata de una sana mezcla de emociones y respeto por un encuentro así

No sabemos cómo será este encuentro, quién lo vivirá y cómo terminará. Pero debemos ser conscientes de que el primer paso es siempre el más importante.

Debemos tomar conciencia de los miedos y prejuicios que están presentes en nosotros. Piensa en tus propios sentimientos y reacciones al tema del contacto extraterrestre. Pregúntate si tienes miedos y si hay algún prejuicio. En caso afirmativo, ¿cuáles y cómo pueden influir estos temores y prejuicios en su disposición a la comunicación? Todo el mundo tiene miedo de cosas que no puede evaluar. Por lo tanto, puede ser útil adquirir conocimientos e informarse con antelación, en la medida de lo posible. Utilice la información y las fuentes educativas para conocer los hallazgos científicos, pero también los resultados de investigaciones anteriores en las bibliotecas. Busca fuentes confiables para adoptar un punto de vista racional e informado.

Tal vez deberíamos aceptar que esta incógnita puede ser pronto o tal vez ya parte de nuestras vidas, que la vida extraterrestre y las formas de vida podrían convertirse en una realidad potencial. Intenta encontrarte con esta incógnita con curiosidad y apertura y dejar en un segundo plano los posibles miedos y prejuicios. Siempre tenga en cuenta que el contacto extraterrestre ofrece oportunidades para expandir nuestra comprensión de la vida y nuestra existencia.

Para romper los prejuicios, es útil empatizar con la situación uno mismo. Intenta ponerte en el lugar del alienígena. Mira la situación desde su punto de vista y pregúntate cómo vivirías este encuentro. Estén abiertos a todas las perspectivas que estén disponibles para ustedes, y al mismo tiempo tengan en cuenta que nuestra experiencia y conocimiento humano son muy limitados. Las formas de vida extraterrestres ciertamente pensarán de manera completamente diferente y tendrán perspectivas diferentes a las nuestras. Aquí se encuentran dos mundos o dos universos, y bien podría ser que el otro lado también sienta algo así como inseguridad o miedo. Es deseable una solución conjunta a este prejuicio.

Algunas personas pueden luchar contra sus miedos y prejuicios a través de la meditación. Pueden calmar sus mentes y así observar y comprender mejor sus propias emociones. Esto te ayudará a reducir la ansiedad y a adoptar una actitud más abierta. Busca personas de ideas afines y ponte en contacto con ellas para discutir el tema. Discutan sus miedos y prejuicios para encontrar soluciones comunes y eliminar la ansiedad de los demás. La superación de los propios miedos y prejuicios es un proceso continuo. Cuanto más te ocupes de la información y los conocimientos básicos, antes podrás vencer tu miedo o lamentar una sensación incómoda. Es bastante normal tener ciertos miedos y prejuicios. Sin embargo, también tienes que trabajar en superarlos y cuestionar tu propia actitud.

Además de los pasos mencionados, varias estrategias pueden ayudarte a lidiar con tus miedos y prejuicios:

Visualización: Imagina en tu mente un encuentro positivo con formas de vida extraterrestres. Visualice una comunicación pacífica y respetuosa en la que ambas partes aprendan y se beneficien mutuamente. Este ejercicio puede ayudarte a dejar tus miedos en un segundo plano y desarrollar expectativas positivas.

Educación e investigación: Aproveche las oportunidades de capacitación e investigación y aborde los hallazgos científicos y los posibles resultados de investigación sobre el tema de la vida extraterrestre. Si no sabes et algo, el conocimiento puede quitarte gran parte del miedo.

Mindfulness: Practica la atención plena para tomar conciencia cuando surgen miedos o prejuicios. Observa estas emociones sin dejar que te abrumen y centra tu atención en pensamientos positivos y constructivos.

Apertura a nuevas experiencias: Ábrete a nuevas experiencias y diferentes perspectivas. Aprovecha la oportunidad para cuestionar tus propias creencias y aprender de los demás. Esto puede ayudarte a reducir tus miedos y superar los prejuicios.

Apoyo profesional: Si descubres que tus miedos y prejuicios son fuertes y tienes dificultades para lidiar con ellos, no dudes en buscar apoyo profesional. Un terapeuta o consejero puede ayudarte a entender tus miedos y a desarrollar estrategias para controlarlos. (No quiero inquietarte, pero admito francamente que un terapeuta en este tema es un acto de equilibrio). Aquí, el intercambio de ideas con personas de ideas afines es más ventajoso.

Si estás dispuesto a lidiar con tus propios miedos y prejuicios y trabajar activamente para superarlos, crearás una base sólida para una comunicación positiva y abierta en caso de que te encuentres con extraterrestres. Recuerda que cada persona es diferente y tiene su propia experiencia de vida específica en términos de miedos y prejuicios. Sé paciente contigo mismo y aférrate al hecho de que a través de tus esfuerzos puedes convertirte en un comunicador más abierto y comprensivo. Solo es nuestra responsabilidad superar nuestros miedos y prejuicios y prepararnos para un posible encuentro con vida extraterrestre. Al encontrarnos unos con otros con apertura, curiosidad y respeto, podemos aprovechar las oportunidades para ampliar nuestra comprensión de la vida y la existencia.

Preparación mental y emocional

La preparación mental y emocional juega un papel crucial en el encuentro con formas de vida extraterrestres. Con el fin de prepararse de manera óptima para el contacto extraterrestre, es importante fortalecer la propia fuerza mental y resistencia. Este capítulo presenta varias técnicas y ejercicios que pueden ayudarte a prepararte mental y emocionalmente para esta situación extraordinaria.

Imagina lo emocionante que será conocer a una civilización extraterrestre. Su mente está llena de anticipación y curiosidad. Pero al mismo tiempo, también están surgiendo temores e incertidumbres. ¿Cómo serán los alienígenas? ¿Cómo se comunicarán? Para enfrentar tales desafíos, la preparación mental y emocional consciente es crucial. Visualiza vívidamente cómo podría desarrollarse un encuentro con formas de vida extraterrestres. Imagina comunicarse, aprender y beneficiarse unos de otros en paz y respeto. Al imaginar estos escenarios positivos, puedes reducir los miedos y las preocupaciones y desarrollar expectativas positivas.

La práctica de la meditación puede ayudarte a desarrollar una mente tranquila y clara. La meditación regular puede mejorar tu capacidad de concentración, reducir el estrés y ayudarte a estar presente en el momento. Esto es especialmente importante cuando te encuentras con formas de vida extraterrestres, ya que te permite concentrarte completamente en la comunicación y la interacción. Una actitud interior positiva es esencial para el contacto extraterrestre. Trata de desarrollar una actitud abierta y respetuosa y de reducir posibles prejuicios o expectativas negativas. Considera el contacto extraterrestre como una oportunidad única para el aprendizaje y el intercambio intercultural. Al cultivar una actitud interior positiva, puedes hacer un mejor uso de las oportunidades que ofrece el contacto extraterrestre. Es humano tener inseguridades y miedos sobre el contacto extraterrestre. Es importante tomar conciencia de estos miedos y trabajar activamente para superarlos. Identifica tus miedos y trata de averiguar de dónde provienen. Enfréntate a ellos conscientemente y busca estrategias para lidiar con ellos.

No olvides cuidar de tu propia salud mental y emocional. Asegúrese de dormir lo suficiente, comer una dieta saludable y hacer ejercicio regularmente. Busca actividades que te traigan alegría y te ayuden a reducir el estrés. Si cuidas de tu propio bienestar, podrás prepararte mejor para el contacto fuera de la tierra y enfrentar positivamente los desafíos que puedan surgir. También puede ser útil intercambiar ideas con otras personas que también estén interesadas o se estén preparando para el contacto extraterrestre. Busca foros, grupos o eventos donde puedas compartir tus pensamientos, preguntas y experiencias. El intercambio con personas de ideas afines no solo puede ser de apoyo, sino también ofrecer nuevas perspectivas y perspectivas.

Esté preparado para repensar y adaptar sus propias ideas y creencias. El contacto extraterrestre puede aportar nuevos conocimientos e información que pueden desafiar nuestras suposiciones anteriores. Si te mantienes flexible y abierto, puedes responder mejor a situaciones inesperadas y explorar nuevas oportunidades.

Apertura y respeto

El contacto extraterrestre nos abre la posibilidad de entrar en contacto con formas de vida que pueden tener antecedentes culturales y comportamientos completamente diferentes. En este capítulo, analizaremos más de cerca la importancia de la apertura y el respeto por la diversidad cultural en el contexto del contacto extraterrestre. Se trata de cómo podemos lidiar con las diferencias y qué estrategias y técnicas de comunicación nos ayudan a promover una cooperación respetuosa y constructiva.

Es importante entender que las formas de vida extraterrestre pueden tener potencialmente una variedad de antecedentes culturales. Sus valores, normas, costumbres y creencias diferirán significativamente de los nuestros. Por lo tanto, es crucial no utilizar nuestras propias ideas culturales como vara de medir, sino estar abiertos a nuevas perspectivas. Una actitud abierta es de gran importancia cuando nos involucramos en contacto extraterrestre. Debemos estar preparados para replantearnos nuestras propias ideas y creencias y aceptar lo desconocido, incluso si contradice nuestras suposiciones anteriores.

La empatía juega un papel central en la comprensión de las diferencias culturales y en el trato respetuoso con ellas. Al ponernos en los zapatos de las formas de vida extraterrestre y mirar el mundo desde su perspectiva, podemos aprender a interpretar sus sentimientos, necesidades y acciones en un contexto cultural.

Para garantizar una comunicación efectiva con las formas de vida extraterrestres, las estrategias de comunicación intercultural son esenciales. Esto incluye la escucha activa, el uso de mensajes claros y concisos, la evitación de suposiciones y prejuicios, y la voluntad de hacer preguntas y aclarar ambigüedades. El respeto es un valor fundamental en el tratamiento de la diversidad cultural. En lugar de descartar la cultura de las formas de vida extraterrestre como inferiores o extrañas, deberíamos reconocer sus tradiciones y prácticas culturales y tratarlas con respeto y dignidad.

A pesar de las diferencias culturales, a menudo existen fundamentos comunes sobre los que se puede construir la comunicación. Al buscar intereses comunes, valores o metas, podemos construir puentes entre diferentes culturas y promover el entendimiento mutuo. Pueden surgir conflictos al tratar con la diversidad cultural. Estos conflictos deben ser vistos de manera constructiva. Se deben buscar soluciones que sean aceptables para ambas partes. La voluntad de compromiso y la búsqueda de situaciones en las que todos ganen pueden ayudar a construir relaciones armoniosas y permitir la cooperación a largo plazo.

Con el fin de permitir una comunicación abierta y respetuosa, es importante desarrollar una conciencia de nuestras propias suposiciones culturales, prejuicios y estereotipos. Reflexionando regularmente sobre nuestros patrones de pensamiento e ideas, esta es la única manera en que podemos desarrollar una actitud consciente y sensibilizada hacia la diversidad cultural. Esto ayuda a romper prejuicios y promover la comunicación abierta.

La apertura y el respeto de la diversidad cultural son esenciales para establecer un contacto fructífero fuera del terreno. Mediante la aplicación de estrategias de comunicación intercultural, la búsqueda de puntos en común y la voluntad de adaptarnos y ser flexibles, podemos fomentar una cooperación armoniosa y productiva con las formas de vida extraterrestres. Depende de nosotros ver la diversidad cultural como un enriquecimiento y trabajar activamente para construir puentes y permitir una comunicación respetuosa.

Estrategias de comunicación

Conocimientos básicos de diplomacia

La diplomacia se refiere al arte y la ciencia de las relaciones entre las naciones y otras instituciones políticas.

Su objetivo es resolver conflictos, llegar a compromisos y llegar a acuerdos que tengan en cuenta los intereses de todas las partes implicadas. En el contexto del contacto con formas de vida extraterrestres, la diplomacia juega un papel importante en el establecimiento y mantenimiento de una relación pacífica.

Si queremos establecer una relación diplomática con una forma de vida extraterrestre, primero debemos comprender sus diferencias culturales y valores. Las diferencias culturales entre nosotros y una forma de vida extraterrestre podrían ser enormes. La forma de vida podría pensar y actuar de manera completamente diferente a nosotros, lo que posiblemente podría conducir a malentendidos o incluso conflictos.

Por lo tanto, debemos ser conscientes de que nuestros propios valores culturales pueden no ser universalmente aplicables y que debemos esforzarnos por comprender y respetar las diferencias culturales de la otra parte. La diversidad en la comunicación es un aspecto importante. La forma en que nos expresamos puede variar mucho y variar mucho de una forma de vida a otra. Por lo tanto, es importante comprender y, si es necesario, aprender el idioma y los métodos de comunicación de la otra parte para garantizar una comunicación clara y efectiva.

Otro factor importante en la diplomacia es la capacidad de compromiso. Al negociar con una forma de vida extraterrestre, puede ser necesario hacer confesiones para establecer y mantener una conexión. Es importante tener en cuenta sus propios intereses, pero también tener en cuenta las necesidades e intereses de la otra parte.

Por último, es importante tener paciencia cuando se trata de una forma de vida extraterrestre. Forjar una relación diplomática puede llevar mucho tiempo y paciencia, especialmente cuando hay grandes diferencias culturales. Es importante construir relaciones a largo plazo basadas en el respeto y la confianza.

La diplomacia puede ser un factor decisivo en el trato con formas de vida extraterrestres. Debemos esforzarnos por comprender y respetar sus diferencias culturales, aprender métodos efectivos de comunicación, compromiso y paciencia para construir relaciones a largo plazo. Esta es la única forma en que podemos establecer y desarrollar una conexión pacífica y exitosa con la vida extraterrestre.

También es importante garantizar que solo las personas que estén realmente interesadas en la paz y que no negocien en conflictos armados a nivel diplomático. Es esencial identificar a las personas del más alto nivel que no sólo tengan conocimientos de diploma, sino que también sean capaces de llevar a cabo negociaciones diplomáticas con intenciones verdaderamente pacíficas. Desgraciadamente, el mundo está marcado por numerosos conflictos en los que personas inocentes pierden la vida. Es lamentable que individuos hambrientos de poder a veces enciendan guerras que en realidad podrían evitarse. Sólo podemos esperar que logremos enviar a las personas adecuadas a estas negociaciones. Personas comprometidas con la paz y que no se dejan llevar por intereses personales de poder.

Desafíos

Se ocupa de las consideraciones y desafíos específicos que pueden surgir en el desarrollo de las relaciones diplomáticas con formas de vida extraterrestres. La diversidad es una parte esencial de cualquier relación intercultural exitosa.

El éxito en establecer y mantener relaciones positivas con formas de vida extraterrestres depende de las habilidades de negociación diplomática. Es crucial comprender las posibles diferencias culturales y las barreras que pueden obstaculizar una comunicación exitosa. Las formas de vida extraterrestres tendrán ideas completamente diferentes del tiempo, el espacio, la comunidad y el poder en comparación con nosotros los humanos. Por lo tanto, es importante comprender estas diferencias y aún así crear una base de respeto y comprensión en la construcción de relaciones.

El desafío es encontrar un lenguaje común con formas de vida extraterrestre como base para la comunicación. El lenguaje que tendrán los visitantes del espacio será fundamentalmente diferente del lenguaje que hablamos los humanos. Aquí es donde se necesitan personas que sean capaces de actuar como intérpretes o traductores con el fin de superar las barreras en la comunicación y sentar las bases para futuras interacciones.

Un posible enfoque es involucrar a expertos en lingüística y comunicación intercultural no solo para superar las diferencias lingüísticas, sino también para comprender los matices culturales. La comunicación precisa y culturalmente sensible es crucial para evitar malentendidos y crear una base positiva para la relación. Por lo tanto, debemos esforzarnos por involucrar a expertos en idiomas con una comprensión profunda de los antecedentes culturales de las formas de vida extraterrestres.

Actualmente existe incertidumbre entre el público sobre cómo podría producirse un entendimiento con los posibles visitantes del espacio. Se desconoce por qué esto es así. Existe confusión en cuanto a por qué los avistamientos se ocultan u oscurecen, y por qué los objetos que están claramente filmados o fotografiados se descartan repetidamente como globos meteorológicos. El hecho de que los gobiernos mantengan en secreto todo lo relacionado con este tema también plantea interrogantes y contribuye a la incertidumbre. La comunicación transparente sobre la posibilidad de reunirse, así como sobre las oportunidades y los riesgos, sería importante para generar confianza y reducir las incertidumbres. Actualmente, sin embargo, hay una falta de información clara sobre cómo se podría diseñar la comunicación potencial con formas de vida extraterrestres.

En cualquier caso, una relación diplomática exitosa requiere una comprensión de las diferencias culturales, una consideración cuidadosa de las barreras lingüísticas y, por supuesto, la preparación de las personas para un posible contacto con formas de vida extraterrestres. Porque cuando los seres extraterrestres visiten la Tierra, serán los humanos los que entren en contacto con ellos. Independientemente de la identidad, debemos prepararnos mentalmente para ello.

Objetivos e intereses

Al considerar el contacto con formas de vida extraterrestres, debe tenerse en cuenta que sus objetivos e intereses pueden diferir significativamente de los nuestros. Estas diferencias pueden ser el resultado de las peculiaridades fisiológicas, biológicas y culturales de las formas de vida extraterrestres. Es concebible que los recursos de nuestro planeta sean de gran importancia para las formas de vida extraterrestres. Su visita puede indicar que quieren explotar los componentes de nuestro planeta que son valiosos para ellos. Tales diferencias de objetivos pueden generar conflictos si no coinciden con nuestros propios objetivos o si no somos capaces de satisfacer sus necesidades y demandas.

Además, la exploración de nuestro planeta y nuestra especie también podría ser de interés para las formas de vida extraterrestres, ya sea por razones científicas, culturales o incluso militares. En tal caso, es importante establecer relaciones éticas para asegurar que sus investigaciones e interacciones sean consistentes con los principios éticos y morales.

Independientemente de las motivaciones de los visitantes que vienen a nuestra Tierra, debemos esperar que las formas de vida extraterrestre tengan intenciones pacíficas y estén interesadas en trabajar con nosotros. En este caso, sería de gran importancia identificar nuestros intereses comunes y trabajar juntos para construir una relación positiva. En el peor de los casos, sin embargo, también existe la posibilidad de que las formas de vida extraterrestres puedan representar una amenaza para nosotros, ya sea a través de acciones agresivas o a través de la transmisión de enfermedades o virus. En tal situación,

tendríamos que tomar las precauciones adecuadas para garantizar nuestra seguridad.

Los objetivos e intereses de las formas de vida extraterrestre no
serán fijos ni constantes. Tus objetivos e intereses pueden ser
variables y evolucionar con el tiempo o adaptarse a nuevas circunstancias.
 Por lo tanto, es necesario ser flexible y comprender sus objetivos e intereses para responder adecuadamente.

Para comprender los objetivos e intereses de las formas de vida
extraterrestres, es importante estar abierto al diálogo y conocer-
se. Al compartir información y encontrar interfaces comunes,
podemos desarrollar una mejor comprensión de sus motivaciones e intenciones y superar posibles malentendidos y prejuicios.
Los temores y las reservas sobre lo desconocido a menudo se
basan en la falta de información y suposiciones. Un diálogo abierto y respetuoso puede ayudar a derribar estas barreras y generar confianza.

La creación de un marco para el intercambio de conocimientos
y la cooperación a diferentes niveles puede ayudar a identificar
intereses comunes y fomentar una relación positiva con las formas de vida extraterrestres. Esto puede incluir el intercambio
de conocimientos científicos, innovaciones tecnológicas o experiencias culturales. Definitivamente vale la pena explorar y
comprender los objetivos e intereses de las formas de vida extraterrestre para establecer una relación diplomática exitosa. La
apertura al diálogo y la voluntad de encontrar interfaces comunes son de gran importancia en este sentido. A través de la
transferencia de conocimiento y la colaboración, podemos crear una relación positiva y enriquecedora con formas de vida ex-

traterrestres. Al mismo tiempo, siempre debemos tener en cuenta que el contacto con formas de vida extraterrestres es un proceso complejo que requiere tiempo, paciencia y un enfoque cuidadoso.

La consideración de los principios y valores éticos es de suma importancia en la investigación de los objetivos e intereses de las formas de vida extraterrestres. Al trabajar con ellos, es importante asegurarnos de que respetamos sus derechos e intereses y evitamos la explotación o el abuso. El aspecto ético juega un papel central para garantizar una interacción responsable y respetuosa con las formas de vida extraterrestres. Es vital que respetemos sus necesidades y derechos y que actuemos sobre una base de respeto.

También es posible que algunas formas de vida extraterrestre posean tecnología o conocimientos más avanzados que nosotros. En tales casos, debemos estar abiertos a compartir conocimientos y tecnologías para beneficiarnos de su progreso. Al mismo tiempo, debemos asegurarnos de que estos intercambios sean recíprocos y de que protejamos nuestros propios intereses.

Otro desafío podría ser que las formas de vida extraterrestre pueden tener una percepción del espacio y el tiempo completamente diferente a la de los humanos. Esto puede dificultar la comunicación y la comprensión de sus objetivos e intereses. Requiere flexibilidad y apertura para adaptarse a nuevas formas de pensar y desarrollar enfoques alternativos a fin de interactuar con ellas de manera efectiva.

Además de los objetivos e intereses de las formas de vida extraterrestre, también debemos considerar nuestros propios objetivos e intereses. Necesitamos definir claramente nuestras prioridades y asegurarnos de que trabajar con formas de vida extraterrestre esté en línea con nuestros valores y objetivos. Se requiere una consideración cuidadosa de los posibles pros y contras, así como una planificación estratégica a largo plazo.

Pero también tenemos que estar seguros de que estamos adoptando un enfoque holístico y responsable para investigar los objetivos e intereses de las formas de vida extraterrestres. Esto requiere una estrecha colaboración entre científicos, diplomáticos, gobiernos y la comunidad internacional para desarrollar directrices y protocolos que garanticen una interacción sostenible y respetuosa con las formas de vida extraterrestres. El proceso de investigación y establecimiento de relaciones con formas de vida extraterrestres es una tarea fascinante y compleja. Requiere apertura, curiosidad y la voluntad de ir más allá de nuestros propios límites. Cuando actuamos con respeto, conocimiento y precaución, podemos construir una relación positiva y enriquecedora con formas de vida extraterrestres que pueden ayudarnos a explorar los misterios del universo y expandir nuestra comprensión de la vida.

La certeza es que debemos ser conscientes de los desafíos que puede traer el contacto con formas de vida extraterrestres. A través de la apertura, el diálogo, el intercambio de conocimientos y la consideración de principios éticos, podemos responder a sus objetivos e intereses de la mejor manera posible y construir una relación positiva y sostenible. Esto requiere un enfoque cooperativo a nivel internacional para desarrollar directrices y protocolos que garanticen que el contacto con formas de vida extraterrestres sea responsable y respetuoso.

Técnicas y principios de comunicación

Ya hemos discutido estrategias de comunicación importantes para un posible contacto con formas de vida extraterrestres, como la diplomacia, la superación de desafíos y la consideración de objetivos e intereses. Sin embargo, es igualmente importante dominar las técnicas básicas de comunicación, ya que juegan un papel crucial en la comunicación efectiva con posibles extraterrestres. Una de estas técnicas es la escucha activa, que muestra comprensión y atención al ser vivo. Esto incluye participar plenamente en la conversación, hacer preguntas y recopilar información. Cuando se trata de un posible contacto con formas de vida extraterrestres, es de gran importancia escuchar atentamente y prestar atención a las señales verbales y no verbales para comprender realmente a la otra persona.

Otra habilidad importante es la expresión clara y concisa para comunicarse de manera efectiva y expresarse con claridad. Los malentendidos pueden evitarse formulando claramente los pensamientos y la información. Es recomendable utilizar un lenguaje sencillo y comprensible y evitar la jerga técnica o los términos complejos. Especialmente en el caso de un posible contacto extraterrestre, donde se producirán barreras lingüísticas, es aún más importante hacer las declaraciones claras y simples. Hacer preguntas también es de gran importancia. Las preguntas se utilizan para obtener información y hacer avanzar la conversación. A través de preguntas específicas, se puede profundizar la comprensión y se pueden obtener nuevos conocimientos.

En el caso de un posible contacto extraterrestre, las preguntas
pueden servir para conocer mejor a la otra persona, comprender sus perspectivas y encontrar puntos en común.

Es importante estar abierto a las preguntas y también animar a
las formas de vida extraterrestre a hacer preguntas para desarrollar una comprensión integral.

La empatía también juega un papel importante. La empatía significa ponerse en el lugar del otro para comprender sus sentimientos, necesidades y perspectivas. En el caso de un posible
contacto extraterrestre, pueden ocurrir diferentes orígenes culturales y experiencias de vida. La sensibilidad puede construir
un puente de comprensión y mostrar respeto por los sentimientos y perspectivas de la otra persona. Es importante expresar interés por su cultura, tradiciones y valores y estar dispuesto
a respetarlos.

La comunicación no verbal, como los gestos, las expresiones
faciales, la postura corporal y el contacto visual, desempeña un
papel universal. Puede ayudar a superar las barreras lingüísticas
existentes. Es importante prestar atención a las señales no verbales de la otra persona y reaccionar adecuadamente ante ellas.
Sus propias señales no verbales también juegan un papel importante. El entrenamiento consciente del lenguaje corporal
puede mejorar la comunicación no verbal y evitar malentendidos. Sin embargo, debe tenerse en cuenta que los gestos y la
postura pueden tener diferentes significados en diferentes culturas. Por lo tanto, la sensibilidad y el respeto por las diferencias culturales en la comunicación no verbal son cruciales.

Otra técnica importante es la adaptación de la comunicación a los hábitos específicos de las formas de vida extraterrestres. Esto incluye la adaptación del lenguaje, el tono, la velocidad y la densidad de la información. La voluntad de aprender y utilizar nuevos medios de comunicación y tecnologías para facilitar la comunicación es de gran importancia, y la flexibilidad y apertura para satisfacer las necesidades y preferencias de los interlocutores extraterrestres son esenciales.

Además, la claridad y la comprensibilidad de los mensajes son cruciales. Es importante evitar la ambigüedad y asegurarse de que las declaraciones sean inequívocas y fáciles de interpretar. Usar ejemplos claros e ilustrar pensamientos puede ayudar a minimizar los malentendidos. Si es necesario, también se pueden utilizar ayudas visuales como imágenes, diagramas o dibujos para respaldar las afirmaciones.

La comunicación respetuosa es un aspecto clave para una interacción exitosa en un posible contacto extraterrestre. Es importante respetar las opiniones, creencias y diferencias culturales de los interlocutores. Deben evitarse los prejuicios o las declaraciones despectivas. Al escuchar atentamente y reconocer las perspectivas y contribuciones de la otra persona, se puede construir confianza y se puede crear una atmósfera positiva para la discusión.

Estas técnicas y principios básicos de comunicación son de gran importancia para garantizar una comunicación efectiva y exitosa en caso de un posible contacto extraterrestre. Al fortalecer las habilidades de comunicación y prepararse para un posible contacto con extraterrestres, se puede establecer una relación positiva y, por lo tanto, una comprensión más profunda.

Sé abierto, curioso y respetuoso con las formas de vida extraterrestre y utiliza la comunicación como un puente para un intercambio significativo de información, ideas y experiencias.

Comunicación no verbal, lenguaje corporal

Estamos convencidos de que la mayor parte de la comunicación con los extraterrestres podría ser a través de medios no verbales. En vista de su capacidad para visitar nuestro planeta con OVNIs, tenemos que admitir que son seres espiritualmente avanzados. Dado que no hemos visitado ningún otro planeta hasta ahora, también debemos admitir que estas criaturas son más inteligentes que nosotros. Lo más probable es que tampoco hablemos el mismo idioma, pero aún así tiene sentido encontrar un denominador común para permitir la comunicación. Este denominador común tendrá lugar en gran medida en forma de comunicación no verbal. Por lo tanto, nos gustaría prestar más atención a esta área.

Comunicación no verbal y lenguaje corporal La
 Comunicación no verbal y el lenguaje corporal juegan un papel crucial en el contacto extraterrestre. Si bien el lenguaje y las palabras son medios importantes de comunicación, las señales no verbales a menudo transmiten información adicional y contribuyen a una comprensión más profunda. En este capítulo, exploraremos la importancia de la comunicación no verbal en un contacto extraterrestre y proporcionaremos consejos prácticos sobre cómo mejorar sus habilidades de lenguaje corporal.

Gestos y expresiones faciales
 Los gestos y las expresiones faciales son elementos importantes de la comunicación no verbal, ya que pueden expresar emo-

ciones, intenciones y mensajes sin palabras. En el contacto extraterrestre, los gestos y las expresiones faciales pueden variar, pero hay algunos signos universales que pueden indicar comprensión. Observa cuidadosamente los gestos y expresiones faciales de tus interlocutores extraterrestres e intenta interpretar su significado. También presta atención a tus propios gestos y expresiones faciales para respaldar tus afirmaciones y transmitir claridad.

Postura y postura

La postura puede decir mucho sobre tu actitud y cómo te sientes. Una postura erguida indica apertura y confianza en uno mismo, mientras que los hombros caídos o una postura defensiva pueden expresar inseguridad o rechazo. En el contacto extraterrestre, es importante adoptar una postura abierta y accesible para señalar confianza y simpatía. Trate de mantener una postura erguida y evite las posiciones cerradas, como los brazos cruzados o los ojos hacia abajo.

Contacto visual

El contacto visual juega un papel crucial en la comunicación. Puede transmitir intimidad, atención y confianza. En el contacto extraterrestre, sin embargo, puede haber diferencias en el significado y el manejo del contacto de los ojos. Algunas formas de vida extraterrestre pueden tener diferentes hábitos de visualización o considerar que el contacto visual directo es inapropiado. Esté atento y preste atención a las reacciones de sus interlocutores para responder adecuadamente a sus diferencias culturales.

Diferencias culturales en el lenguaje corporal

Es importante darse cuenta de que el lenguaje corporal puede estar fuertemente influenciado por la cultura. Lo que se considera amigable y acogedor en una cultura puede ser percibido como grosero o incluso agresivo en otra. Estas diferencias se vuelven particularmente relevantes en el contexto del contacto extraterrestre. Nos gustaría enfatizar: Infórmate sobre las normas culturales y los hábitos de las formas de vida extraterrestre con las que deseas comunicarte. Sin embargo, como todos sabemos, no hay normas fijas en este contexto. Por lo tanto, es crucial respetar sus diferencias culturales y adaptar su propio lenguaje corporal en consecuencia.

Sensibilidad a las señales no verbales

Es importante ser sensible a las señales no verbales, tanto de las formas de vida extraterrestres como de uno mismo. Las señales no verbales pueden ser sutiles y transmitir información sobre emociones, aprobación o rechazo. Observa atentamente la postura, los gestos, las expresiones faciales y otras expresiones no verbales de tus interlocutores. Trate de interpretar el significado de estas señales para desarrollar una comprensión más completa de sus mensajes.

Adaptación a diferentes estilos de comunicación

Las formas de vida extraterrestre pueden tener diferentes estilos de comunicación, que también se reflejan en su comunicación no verbal. Algunos pueden ser directos, mientras que otros pueden preferir formas indirectas o simbólicas de comunicación. Sé flexible y adáptate al estilo de comunicación de tus interlocutores para permitir una interacción fluida.

El lenguaje corporal como complemento del lenguaje

En el contacto extraterrestre, puede suceder que el lenguaje no esté suficientemente disponible o que surjan problemas de comunicación. En tales casos, el lenguaje corporal se vuelve aún más importante. Usa tus habilidades no verbales para apoyar y transmitir tus mensajes. Asegúrate de usar conscientemente tus gestos, expresiones faciales y postura para expresar claramente tus intenciones.

Mindfulness y empatía

Mantente consciente y atento a las señales no verbales de tus interlocutores. Muestra empatía y trata de ponerte en su lugar. Esto te ayudará a percibir señales sutiles y estados de ánimo emocionales que pueden no expresarse verbalmente. Al reaccionar con empatía y respeto, puede promover una comunicación armoniosa y de confianza.

Distancia física

La distancia física varía dependiendo de la influencia cultural y también puede interpretarse de manera diferente en el contacto extraterrestre. Algunas formas de vida extraterrestre pueden mantener una mayor distancia, mientras que otras prefieren una cierta proximidad. Respeta los límites personales de tus interlocutores y ajusta la distancia en consecuencia, pero asegúrate de que no parezcas demasiado cerca o demasiado distante para crear un ambiente de comunicación agradable.

Autenticidad y congruencia

Sea auténtico en su comunicación no verbal y asegure la congruencia entre sus mensajes verbales y no verbales. El lenguaje corporal contradictorio puede dar lugar a malentendidos y afectar la confianza. Asegúrate de que tu lenguaje corporal respalde tus verdaderas intenciones y sentimientos, y de que seas auténtico en tu comunicación general.

Aprendizaje y mejora continua
Al desarrollar sus habilidades de comunicación no verbal e incorporarlas conscientemente al contacto extraterrestre, puede aumentar la efectividad de su comunicación y crear una conexión más profunda. Sé tolerante, abierto al aprendizaje y utiliza cada interacción como una oportunidad para mejorar tus habilidades.

La comunicación no verbal y el lenguaje corporal juegan un papel crucial en el contacto extraterrestre. Si bien el lenguaje transmite información importante, las señales no verbales contribuyen a la comunicación a un nivel más profundo. Al aumentar la conciencia de los gestos, las expresiones faciales, la postura, el contacto visual y otras señales no verbales, puede mejorar su capacidad para comunicarse con formas de vida extraterrestres. Es importante ser consciente de las diferencias culturales y adaptarse para evitar malentendidos. A través de la atención plena, la empatía y el respeto, puedes promover una comunicación armoniosa y construir una relación de confianza. La autenticidad y la congruencia entre los mensajes verbales y no verbales también son cruciales.

Recuerde que la comunicación no verbal es un viaje de aprendizaje continuo. Esté abierto a la retroalimentación, observe atentamente a sus interlocutores y use conscientemente sus habilidades no verbales para permitir una comunicación exitosa en contacto extraterrestre.

Intercambios

¡Fácil intercambio de oportunidades y comprensión de diferentes formas de pensar!

En el contacto extraterrestre, encontramos diferentes formas de pensar, perspectivas y antecedentes culturales. Para permitir una comunicación efectiva, es crucial crear oportunidades fáciles para el intercambio y desarrollar una comprensión de esta diversidad. Este capítulo presenta estrategias para facilitar la comunicación con formas de vida extraterrestres y para promover la comprensión mutua de diferentes formas de pensamiento.

Para comprender la mentalidad y la perspectiva de una forma de vida extraterrestre, es importante ampliar nuestra propia perspectiva. Tómate el tiempo para reflexionar sobre tu propia forma de pensar y participar en nuevas perspectivas. Haga preguntas y escuche activamente para comprender las motivaciones y creencias de los demás. Al cambiar tu perspectiva, puedes derribar barreras y crear una conexión más profunda. A pesar de que existen grandes diferencias entre culturas, es importante encontrar un terreno común para crear una base para el intercambio. Concéntrese en intereses, valores u objetivos compartidos. Busque o encuentre temas que sean universales y proporcionen un espacio para la discusión abierta. Al encontrar puntos en común, pueden construir puentes y fortalecer la confianza.

En la comunicación intercultural, es fundamental cultivar el respeto por los diferentes puntos de vista. Acepta que otras culturas tienen diferentes valores y creencias que moldean su perspectiva. Practica la tolerancia y la apertura a opiniones que difieren de las tuyas. Evite juicios apresurados y muestre respeto por la diversidad de formas de pensar. Las diferencias culturales pueden dar lugar a malentendidos si no se reconocen y se tienen en cuenta. Infórmate sobre los antecedentes culturales y las costumbres de las formas de vida extraterrestre con las que quieres comunicarte. Presta atención a las señales no verbales, los tabúes y las normas culturales. Muestre sensibilidad y ajuste su comunicación en consecuencia para promover la comprensión y el respeto, porque para minimizar los malentendidos, es importante comunicarse de manera clara y concisa. Utiliza un lenguaje sencillo y claro para transmitir tus mensajes. Evite los modismos culturales que pueden no ser comprensibles para la forma de vida extraterrestre. Preste atención a los comentarios mutuos y asegúrese de que se le entienda rico tig. La escucha activa es un aspecto crucial para promover la comprensión de las diferentes formas de pensar. Concéntrate en estar realmente presente y seguir a tu interlocutor por completo. Préstale toda tu atención, no lo interrumpas y haz preguntas para aclarar malentendidos. A través de la escucha activa, señales de interés y respeto por la perspectiva de la otra persona.

Estar abierto a nueva información y experiencias de aprendizaje. En el contacto extraterrestre, es posible que te enfrentes a formas de pensar completamente nuevas que desafían tus propias suposiciones y creencias. Prepárate para replantearte tus propios sesgos y nociones preconcebidas y adoptar nuevas perspectivas. Al mantener tu curiosidad y mantener una mente abierta, puedes desarrollar tus habilidades de comunicación y obtener una comprensión más profunda de otras formas de pensar. A veces, las palabras por sí solas pueden no ser suficientes para transmitir ideas o emociones complejas. Por lo tanto, utiliza otras formas de comunicación creativa como dibujos, símbolos o expresiones físicas. Las visualizaciones pueden ayudar a hacer tangibles los conceptos abstractos para crear una conexión más profunda. Estar preparado para explorar y adoptar formas alternativas de expresión.

La comunicación con formas de vida extraterrestre puede ser un desafío y, a menudo, requiere paciencia y resistencia. No te rindas si hay dificultades o malentendidos. Sé paciente y piensa en la comunicación como un proceso que requiere tiempo y adaptación. Mantente abierto a aprender de los errores y ve los desafíos como oportunidades para el crecimiento personal.

Generar confianza es un aspecto importante de la comunicación con formas de vida extraterrestres. Muéstrate como un interlocutor confiable, abierto, honesto y respetuoso. Cumpla sus promesas y esté preparado para asumir la responsabilidad de sus declaraciones y acciones. Al generar confianza, creas una base sólida para una comunicación efectiva y respetuosa.

Mediante el uso de intercambios simples y el desarrollo de una comprensión de diferentes formas de pensar, puede mejorar la comunicación en el contacto extraterrestre y crear una conexión más profunda. Sé abierto, flexible y respetuoso de las demás perspectivas, y utiliza cada interacción como una oportunidad para crecer y expandir tu propia mentalidad.

Aplicaciones prácticas

En nuestra guía, nos gustaría guiarte a través de aplicaciones prácticas que te ayudarán a mejorar tus habilidades de comunicación y desarrollar una mayor sensibilidad intercultural.

El capítulo sobre la aplicación práctica parece lógico y relevante para todos en todas las situaciones de la vida. Incluso entre las personas en la tierra, siempre hay oportunidades para mejorar las habilidades de comunicación. Basta con considerar cómo nos comunicamos con otras personas, ya sea a través de expresiones verbales o técnicas no verbales.

Cada uno de nosotros se comunica a través de expresiones faciales y descifrando señales.

En la comunicación con formas de vida extraterrestres, puede ser igualmente importante utilizar sus habilidades para percibir e interpretar las señales de comunicación. Imagínese lo fascinante que sería desarrollar un lenguaje universal que trascienda las fronteras del lenguaje y la cultura. Esto requiere no solo una comprensión más profunda de sus posibles señales, sino también la capacidad de reconocer matices y sutilezas sutiles en la comunicación.

A través de la práctica consciente en la vida cotidiana, ya sea observando animales o en el intercambio interpersonal, puedes agudizar tus sentidos y aprender a reaccionar atentamente a los mensajes ocultos. Recuerde que no siempre son las palabras las que pueden transmitir toda la gama de pensamientos y emociones.

Un aspecto crucial es el desarrollo de tu propia empatía. Al tratar de ponerte en los zapatos de los demás, no solo puedes evitar malentendidos, sino también construir una conexión más profunda con tus semejantes y, potencialmente, con formas de vida extraterrestres.

La idea es crear un espacio para una comprensión más profunda de la diversidad en la comunicación, al tiempo que se enfatizan los aspectos universales que nos conectan a todos como formas de vida inteligentes. En el curso posterior nos ocuparemos de ejercicios prácticos y técnicas para hacer que estos conceptos sean aplicables en tu vida cotidiana para llevar tus habilidades comunicativas a un nuevo nivel.

De esta manera, no solo aprenderás la comunicación verbal, sino también la importancia del lenguaje corporal y las expresiones faciales, que son de inmenso valor en el ámbito interpersonal. Todos deben esforzarse por mejorar sus habilidades en esta área, porque lo que una persona percibe no siempre es lo que la otra persona quiere expresar. La percepción e interpretación de las señales de comunicación es importante aquí, y estas habilidades deben fortalecerse. Independientemente de la criatura con la que se haga contacto, siempre es la comunicación la que conecta a los seres vivos entre sí. Incluso hay grupos que se ocupan de estrategias de comunicación para lidiar con malentendidos.

Al simular diferentes escenarios, desarrollas una comprensión más profunda de diferentes formas de pensar y aprendes a lidiar de manera efectiva con posibles desafíos.

Si quieres profundizar tus conocimientos en esta área, llevar un diario puede ser un ejercicio útil. Este diario está diseñado para reflexionar sobre tus propias estrategias de comunicación y con el tiempo verás progresos, desafíos y experiencias. Estoy convencido de que ya tienes estas habilidades, pero también hay personas que aún no se han ocupado intensamente de esta parte de la comunicación. Con herramientas simples, las habilidades de comunicación se pueden fortalecer y preparar para una amplia variedad de situaciones de comunicación.

Queremos transmitir que una comprensión más profunda y la interpretación correcta de la comunicación no solo son útiles en contacto con formas de vida extraterrestres, sino que también pueden superar o incluso prevenir muchos problemas en la vida cotidiana. La capacidad de interpretar señales no verbales no solo puede aclarar malentendidos, sino que también ayuda a fortalecer las relaciones interpersonales y evitar posibles conflictos importantes, ya sea en forma de guerras o divorcios. El poder de la comunicación no solo radica en las palabras, sino también en el arte de comprender los mensajes no dichos de la otra persona.

Lenguaje existente para los extraterrestres

Lincos es una forma especial de comunicación interestelar que se desarrolló como un proyecto lingüístico para permitir una posible comunicación con vida extraterrestre. El término "Lincos" se deriva de "lingua cosmi ca", que se puede traducir como "lenguaje cósmico" en español.

El concepto fue desarrollado por el matemático y científico Hans Freudenthal en la década de 1960. La idea básica detrás de Lincos es crear un lenguaje universal basado en principios lógicos y matemáticos. La suposición es que los conceptos matemáticos y la lógica podrían servir como base para la comunicación interespecífica, ya que se consideran universalmente comprensibles.

El proyecto Lincos plantea la hipótesis de que las civilizaciones extraterrestres avanzadas capaces de participar en la comunicación interestelar podrían compartir una comprensión de las matemáticas y la lógica.

Un aspecto importante de Lincos es que está destinado a permitir no solo la transmisión de información, sino también la comunicación de conceptos y pensamiento abstracto. El proyecto implica el desarrollo de un lenguaje que no solo permite la presentación de hechos y cifras, sino también la transferencia de principios matemáticos básicos, así como de ciencia y ética. Lincos se basa en el uso de símbolos y conceptos matemáticos que se consideran universalmente comprensibles. Entre ellas se encuentran, por ejemplo, la representación de números naturales, figuras geométricas y operaciones matemáticas básicas. La idea es que las civilizaciones extraterrestres avanzadas capaces de comunicación interestelar puedan reconocer e interpretar estos conceptos matemáticos básicos.

Un aspecto interesante de Lincos es también la integración de principios éticos.

El concepto tiene en cuenta que una comunicación exitosa debe incluir no solo el intercambio de información, sino también la comunicación de valores éticos. Esto refleja la suposición de que una civilización extraterrestre avanzada que se comunica con nosotros también puede tener interés en los aspectos morales y éticos de nuestra sociedad.

Sin embargo, el proyecto Lincos sigue siendo especulativo e hipotético, ya que aún no hemos recibido ninguna señal detectable de vida extraterrestre. Sin embargo, representa un intento

fascinante de abordar el desafío de la comunicación interconti-
nental y crear una base teórica para un posible intercambio con
vida extraterrestre.

Retos y soluciones

Diferentes escenarios

En esta sección, discutimos varios escenarios que podrían ocurrir una vez que nos encontramos con formas de vida alienígenas. Al hacerlo, abordamos temas como la posible colaboración, el intercambio cultural y científico, así como los posibles desafíos y amenazas de las formas de vida extraterrestres. Al abordar estos escenarios, nos gustaría prepararnos para un futuro posible con vida extraterrestre y derivar recomendaciones apropiadas para la acción.

Nuestro objetivo es proporcionar orientación sobre los pasos que se deben tomar para preparar a la humanidad para los posibles efectos del contacto con vida extraterrestre. Al hacerlo, tenemos en cuenta consideraciones éticas y morales, como la protección de vidas y recursos. Nos esforzamos por brindar recomendaciones sobre cómo prepararse para posibles amenazas de formas de vida extraterrestres.

Además, estamos preparando la idea de cómo la humanidad puede dar forma a su relación con la vida extraterrestre en el futuro. Al hacerlo, destacamos los posibles beneficios de trabajar juntos, como ampliar nuestro conocimiento del universo y desarrollar nuevas tecnologías. Al mismo tiempo, discutimos los posibles desafíos y riesgos en cooperación con formas de vida extraterrestres.

En general, este capítulo proporciona información importante y recomendaciones de acción para prepararnos a nosotros y a la humanidad para un futuro posible en términos de interacciones y encuentros con vida extraterrestre.

Efectos de un posible contacto

El capítulo "Efectos de un posible contacto" trata en detalle del futuro de la humanidad en relación con la vida extraterrestre y se centra en la preparación de los efectos potenciales de dicho contacto. Es de gran importancia que nos preparemos para esta situación a fin de poder reaccionar adecuadamente ante ella.

Una medida esencial es proporcionar al público información completa sobre los posibles efectos del contacto con vida extraterrestre y prepararlos para esta posibilidad. La humanidad debe desarrollar una conciencia del problema y de la posible ocurrencia de tal evento para poder responder adecuadamente. El suministro de información puede ayudar a reducir los miedos y las incertidumbres y promover la aceptación de un futuro encuentro con vida extraterrestre.

Además, es recomendable desarrollar protocolos y procedimientos que se puedan seguir en caso de contacto con vida extraterrestre. Estos protocolos deberían cubrir varios aspectos, desde el contacto hasta las relaciones diplomáticas y la posible cooperación con formas de vida extraterrestres. Es importante establecer pautas claras para garantizar una gestión ordenada y respetuosa de estas formas de vida extraterrestre mientras salvaguardamos nuestros propios intereses.

Para poder responder adecuadamente a un posible contacto con vida extraterrestre, es de gran importancia que los científicos y las agencias gubernamentales avancen en la investigación y el desarrollo en áreas relevantes como la tecnología espacial, la comunicación y la lingüística. Estos avances permiten mejorar la interacción y la comunicación con las formas de vida extraterrestre y apoyan la aparición de un conocimiento sólido de sus características, necesidades e intenciones.

El contacto exitoso con vida extraterrestre requiere una estrecha cooperación internacional. Es imperativo que los países compartan recursos y conocimientos y desarrollen un enfoque común de la cuestión. El intercambio de información, conocimientos y experiencias nos permite adoptar una actitud coordinada y cooperativa y crear una base fundamental para la comprensión intercultural y la cooperación con la vida extraterrestre.

El contacto con vida extraterrestre plantea numerosas preguntas que deben aclararse de antemano. Necesitamos abordar estas preguntas y desarrollar principios y directrices claras para garantizar que seamos capaces de abordar los desafíos éticos y tratar de manera responsable con las formas de vida extraterrestres. La protección de la vida, la preservación de la integridad y el respeto por las huellas de otras especies inteligentes deben ser principios fundamentales de nuestras acciones.

La preparación para un posible contacto con vida extraterrestre requiere una amplia gama de medidas. Esto incluye proporcionar al público información completa sobre los posibles efectos y oportunidades de dicho contacto. El desarrollo de protocolos y procedimientos asegura que podamos interactuar con formas de vida extraterrestre de una manera estructurada y respetuosa. La promoción de la investigación y el desarrollo en áreas relevantes nos permite desarrollar las habilidades tecnológicas y de comunicación necesarias para una interacción efectiva con la vida extraterrestre. La estrecha cooperación internacional es crucial para garantizar un enfoque coordinado y colaborativo. Por último, la clarificación de las cuestiones éticas y morales es de gran importancia para garantizar que nos ocupemos de la vida extraterrestre de forma responsable y ética.

Al tomar estas medidas, podemos prepararnos para un posible contacto con vida extraterrestre y manejar los efectos potenciales de una manera positiva. Es crucial que la humanidad aborde de manera proactiva este desafío y se prepare para un futuro en el que la interacción y el encuentro con la vida extraterrestre sean posibles.

Dar forma a las relaciones

El diseño de las relaciones con la vida extraterrestre requiere una consideración integral de varios aspectos. Esto incluye la promoción de una actitud diplomática y de cooperación, ya que al construir una base positiva para las relaciones, se pueden evitar posibles conflictos y, en cambio, se pueden promover la cooperación y los beneficios mutuos. Esto requiere apertura, comprensión y voluntad de responder a las necesidades y perspectivas de las formas de vida extraterrestres.

Otro factor importante en la configuración de las relaciones con la vida extraterrestre es la creación de una cultura abierta y transparente de diálogo y cooperación. La comunicación juega un papel crucial para romper malentendidos y prejuicios. Mediante el intercambio de conocimientos, experiencias y aspectos culturales, podemos desarrollar un mejor conocimiento mutuo y comprensión mutua. Al mismo tiempo, es importante prepararse para los posibles efectos del contacto con vida extraterrestre. Esto requiere el desarrollo de planes y estrategias para hacer frente a las posibles amenazas. Al mismo tiempo, sin embargo, también debemos considerar las oportunidades y posibilidades que podrían surgir de la cooperación. Un intercambio cultural y científico con vida extraterrestre podría conducir a nuevos conocimientos, innovaciones y progresos.

Al dar forma a las relaciones con la vida extraterrestre, no debemos olvidar que nuestras acciones pueden tener un impacto en estas formas de vida. Por lo tanto, es importante ser consciente del medio ambiente y tener en cuenta la protección de los diferentes hábitats y recursos. Debemos ser conscientes de cómo nuestras actividades podrían afectar al entorno natural de las formas de vida extraterrestres y esforzarnos por encontrar soluciones sostenibles.

En general, la formación de relaciones con la vida extraterrestre requiere una amplia preparación y un enfoque holístico. El objetivo es promover la apertura, el diálogo y la cooperación, superar las posibles amenazas y, al mismo tiempo, reconocer las oportunidades y los beneficios de la cooperación. Al poner estos aspectos en el centro de nuestros esfuerzos, podemos construir relaciones positivas con la vida extraterrestre y dar forma a un futuro en el que tanto la humanidad como las formas de vida extraterrestres se beneficien.

Ventajas de la cooperación

La cooperación con vida extraterrestre puede ofrecer numerosas ventajas. En primer lugar, podría ayudar a profundizar nuestra comprensión del universo. Las formas de vida extraterrestres podrían darnos información sobre planetas, estrellas y galaxias que, de otro modo, permanecerían ocultas para nosotros. Al compartir información, también podríamos ampliar nuestros conocimientos en diversas disciplinas científicas como la física, la biología y la química.

Además, la cooperación con la vida extraterrestre podría conducir a tecnologías innovadoras. Un ejemplo aquí sería el uso de materiales que son exclusivos de otras partes del universo y que podrían ser invaluables para nuestra tecnología. Fuera del también podría haber tecnologías más avanzadas que podrían beneficiarnos para nuestro propio bien.

La cooperación con la vida extraterrestre también podría conducir a un enriquecimiento cultural. Al conocer sus formas de vida, costumbres y artes, pudimos profundizar nuestra comprensión de otras culturas.

Finalmente, la cooperación con la vida extraterrestre podría ayudar a abordar algunos de los mayores desafíos de la humanidad. Al unir fuerzas con otras formas de vida inteligentes, podríamos trabajar juntos para encontrar soluciones a problemas globales como el cambio climático, la pobreza y la lucha contra las enfermedades.

Sin embargo, es importante considerar los riesgos y desafíos de la cooperación con vida extraterrestre. Tenemos que asegurarnos de estar atentos al posible impacto en la humanidad y prepararnos para posibles amenazas. Una amplia preparación y planificación nos ayudará a maximizar los beneficios de trabajar con vida extraterrestre y a minimizar los riesgos potenciales.

Posibles desafíos y riesgos

Aunque puede haber muchos beneficios al trabajar con vida extraterrestre, debemos esperar que haya desafíos y riesgos a considerar.

En el caso de que una especie extraterrestre aterrice en nuestro planeta, es lógico que su inteligencia técnica esté mucho más desarrollada que la nuestra. Por lo tanto, podría ser que intenten subyugar o posiblemente colonizar nuestra civilización. Con el fin de estar preparados para tal situación, solo podemos esperar que la humanidad lo reconozca a tiempo y sea capaz de prepararse bien para ello con el fin de defender sus propios intereses y libertades.

Por supuesto, también existe la posibilidad de que nuestra salud pueda estar en peligro por enfermedades desconocidas o patógenos transmitidos a través del contacto con vida extraterrestre. No podemos evitar este riesgo, pero debemos tratar de minimizarlo tomando las precauciones y medidas de protección adecuadas. Para ello se requieren especialistas de la medicina y de la investigación.

Los visitantes del espacio vienen a la Tierra con intenciones específicas. Estos podrían ser recursos que la Tierra tiene a su disposición y que son buscados por los extraterrestres. Pero la Tierra como espacio vivo también podría ser de interés para los seres vivos del espacio. Como terratenientes, también tenemos que lidiar con este riesgo. En tal caso, sería importante contar con una sólida capacidad de defensa para proteger nuestros intereses y nuestra seguridad.

Los desafíos también podrían residir en los conflictos debidos a las diferencias culturales. La diplomacia y la interacción respetuosa con otras culturas serían cruciales en este caso para garantizar el éxito de la cooperación.

La posibilidad de que la vida extraterrestre aterrice en nuestra Tierra también tendrá un impacto en nuestra religión y filosofía. Algunas creencias religiosas y filosóficas tendrían que ser puestas en tela de juicio. Esto, a su vez, podría dar lugar a conflictos y tensiones. Es importante mantener un diálogo abierto y respetuoso sobre estos temas para garantizar la coexistencia pacífica.

Todas las personas deben ser conscientes de que habrá algunos riesgos y desafíos cuando entren en contacto con vida extraterrestre. La planificación cuidadosa, la diplomacia y la capacidad de defensa podrían ser cruciales para garantizar nuestra seguridad.

Como todos sabemos, donde hay riesgos, también hay desafíos y oportunidades.

Los seres vivos del espacio ofrecen oportunidades y potencialidades que probablemente aún no podemos ni imaginar. Si la cooperación es posible, podría conducir a importantes avances científicos y tecnológicos. Al compartir conocimientos y recursos, podríamos obtener nuevos conocimientos sobre el universo y ampliar nuestra comprensión de la física, la biología y otras ramas de la ciencia. También podríamos aprender de las formas de vida extraterrestre para proteger mejor nuestro medio ambiente, para usar y usar los recursos existentes de manera más eficiente. Este conocimiento podría mejorar nuestras prácticas ambientales. La cooperación puede contribuir no sólo al progreso tecnológico, sino también a hacer frente a los desafíos mundiales, como el cambio climático.

Al aprender sobre diferentes formas de vida, tradiciones y valores, podríamos ampliar nuestra propia visión del mundo y desarrollar una comprensión más profunda de la diversidad de la vida posible en el espacio. Esto podría conducir a una coexistencia más respetuosa y tolerante no solo con formas de vida extraterrestres, sino también dentro de la sociedad humana.

A fin de aprovechar plenamente estos desafíos, riesgos, oportunidades y potencialidades, nuestra comunidad internacional está llamada a trabajar de consuno. Un enfoque coordinado, basado en principios y directrices comunes, debería constituir la base para establecer normas uniformes en el tratamiento de la vida extraterrestre y desarrollar una estrategia mundial para dar forma a las relaciones.

Las organizaciones internacionales, como las Naciones Unidas, desempeñarían un papel importante en este sentido al ofrecerse como plataforma para el diálogo y la cooperación.

Para poder formar una relación con la vida extraterrestre, se requiere un enfoque multidisciplinario. El objetivo es minimizar los riesgos, aprovechar las oportunidades y crear un futuro sostenible y cooperativo. La apertura, la diplomacia, la preparación y la cooperación internacional pueden construir relaciones positivas con la vida extraterrestre y prometer un futuro prometedor juntos.

Malentendidos y conflictos

Al encontrarse con formas de vida extraterrestres, inevitablemente surgirán malentendidos y conflictos. Las barreras lingüísticas, las diferentes formas de pensar y los diferentes orígenes culturales conducirán inevitablemente a problemas de comunicación. Ahora nos corresponde a nosotros utilizar diversas estrategias y técnicas para detectar esos malentendidos en una etapa temprana y resolver los conflictos a fin de garantizar una comunicación eficaz y armoniosa.

El primer paso para gestionar los malentendidos es ser consciente de que pueden ocurrir. Los diferentes idiomas y antecedentes culturales pueden hacer que la información se malinterprete o distorsione, lo que significa que no se entiende el contenido real. Esta toma de conciencia permite afrontar y contrarrestar mejor los malentendidos incipientes.

La clave para resolver malentendidos radica en la escucha activa. Tómese el tiempo para escuchar atentamente a la persona con la que está hablando, sin importar de dónde venga. No se trata solo de escuchar superficialmente, sino de comprender lo que la persona realmente quiere decir. Se debe prestar especial atención a las señales verbales y no verbales para captar el mensaje detrás de las palabras. Al hacer preguntas específicas, muestra interés y, al mismo tiempo, significa que está tratando de interpretar el contenido correctamente.

Minimizar los malentendidos es más fácil cuando te comunicas de forma clara y concisa. Evite las declaraciones semiambiguas y confíe en un lenguaje sencillo y claro que sea útil. Adapta tu comunicación a las realidades culturales y ten en cuenta las posibles barreras lingüísticas. Si es necesario, se pueden utilizar ayudas visuales de apoyo para transmitir su mensaje.

Los conflictos pueden surgir cuando chocan diferentes opiniones, necesidades e intereses. En estos casos, es importante utilizar técnicas de resolución de conflictos para encontrar soluciones constructivas.

Técnicas como la búsqueda de objetivos comunes, la negociación de compromisos y la creación de una solución equilibrada pueden ser útiles en este sentido. Estar dispuesto a hacer concesiones para reconocer y comprender el punto de vista del otro. El respeto y la compasión son elementos esenciales para hacer frente con éxito a los malentendidos y conflictos. Trata de entender la perspectiva de la otra persona y respeta su opinión, incluso si tienes una opinión diferente. Deben evitarse los prejuicios y los juicios apresurados, y la compasión por las necesidades de la otra persona puede ser beneficiosa.

En el caso de un conflicto entre diferentes partes, el uso de la mediación puede ser útil. Una tercera persona neutral puede ayudar a resolver estos conflictos creando una estructura para el diálogo y apoyando el proceso. Como mediadora entre las partes, puede ayudar a encontrar soluciones comunes que sean aceptables para todas las partes involucradas.

Para resolver los malentendidos, es importante estar dispuesto a comprometerse y estar dispuesto a aprender. Si eres flexible y reconsideras tus propios puntos de vista y puntos de vista, puedes ver el conflicto como una oportunidad para el desarrollo personal. De esta manera, mejorarás tu propia comprensión y ampliarás tus habilidades de comunicación. Un clima de comunicación positivo es crucial para resolver malentendidos y conflictos más rápidamente. Fomentar una comunicación abierta y respetuosa, en la que todas las partes sean libres de expresar sus opiniones. Se deben evitar los ataques personales y, en lugar de atacar, debe concentrarse en resolver el problema. Crear un clima positivo para la comunicación que fomente la confianza y permita una mejor colaboración.

Para resolver conflictos, es importante trabajar constantemente en el desarrollo de las propias habilidades de comunicación. Tómese el tiempo para reflexionar y mejorar sus estrategias de comunicación, esté abierto a la retroalimentación y aproveche la oportunidad de aprender de los demás. Al mejorar continuamente sus habilidades de comunicación, puede identificar malentendidos en una etapa temprana y responder de manera efectiva.

Mediante el uso de estas estrategias y técnicas, estarás mejor preparado para resolver malentendidos y lidiar con conflictos en el contacto extraterrestre. La comunicación abierta, tranquila y respetuosa sienta las bases para una cooperación exitosa y una coexistencia armoniosa en el trato con formas de vida extraterrestres.

Fomento de la confianza y la cooperación

Para garantizar una comunicación efectiva con las formas de vida extraterrestres, es crucial generar confianza y establecer una base sólida para la cooperación. Varios aspectos del fomento de la confianza y la promoción de la cooperación pueden contribuir a ello.

La comunicación abierta y respetuosa constituye la base para crear confianza y promover la cooperación. Asegúrate de escuchar atentamente a los alienígenas y tratar sus opiniones y perspectivas con respeto. Evita los prejuicios y prepárate para explicar tus propios puntos de vista sin parecer dogmático. Una atmósfera de respeto mutuo crea la base para una cooperación de confianza. La transparencia y la honestidad son otros elementos importantes para generar confianza. Comparte información relevante sobre tus intenciones, motivaciones y objetivos. Evite mantener en secreto o retener información importante, ya que esto podría afectar la confianza de quienes están fuera del mundo. La apertura y la honestidad ayudan a crear una atmósfera de confianza y cooperación.

La comprensión mutua y la sensibilidad son cruciales para establecer una conexión con formas de vida extraterrestres. Esfuérzate por comprender y respetar su cultura, valores y perspectivas. Sé paciente y abierto a otras ideas y formas de pensar. Al mostrar comprensión, pueden construir puentes y encontrar puntos en común para trabajar juntos con éxito. El desarrollo de objetivos e intereses comunes es un paso más en la dirección de la cooperación. Identifique las áreas en las que tienen intereses comunes y en las que pueden colaborar. Esto permite un enfoque cooperativo y aumenta la probabilidad de éxito de la cooperación. Al encontrar un terreno común, se puede construir una base sobre la que se pueda construir la confianza.

La consistencia y la confiabilidad también son cruciales para generar confianza. Cumple tus promesas y muestra coherencia en tu comportamiento y acciones. Evite declaraciones contradictorias o comportamientos poco confiables, ya que esto podría afectar la confianza de los alienígenas. A través de la confiabilidad y la consistencia, demuestra que es digno de confianza y que se puede confiar en usted. Ten paciencia y perseverancia, sentar las bases para una cooperación de confianza con los extraterrestres requiere tiempo y compromiso, al igual que con los humanos. Sé paciente, tómate el tiempo para desarrollar relaciones y no te rindas cuando haya desafíos. Los esfuerzos continuos y un enfoque a largo plazo te ayudarán a construir una base sólida de confianza y a lograr colaboraciones exitosas con extraterrestres.

Otra estrategia importante para fomentar la confianza y promover la cooperación es abordar los conflictos de manera constructiva. Los conflictos son inevitables, especialmente cuando chocan diferentes culturas, valores y perspectivas. Es importante no evitar los conflictos ni ignorarlos demasiado, sino verlos como una oportunidad de crecimiento y comprensión. Abogar por abordar los conflictos de manera abierta y activa, buscando soluciones que sean aceptables para todas las partes involucradas. Esto requiere flexibilidad, voluntad de compromiso y actitud para explorar soluciones alternativas. La cooperación activa y el intercambio conjunto de conocimientos podrían ser otro enfoque para fomentar la confianza y promover la cooperación. Comparte tus conocimientos y recursos con los alienígenas y mantente abierto a adquirir nuevos conocimientos y habilidades de ellos. Aprender y explorar juntos puede generar confianza y conducir a una colaboración más estrecha. Aproveche también la oportunidad de desarrollar proyectos e iniciativas conjuntas para promover una cooperación significativa.

El reconocimiento y aprecio de las contribuciones de los trabajadores extraterrestres sería otro aspecto importante. Mostrar interés en sus habilidades, conocimientos y cultura. Reconozca sus contribuciones y muéstreles respeto y gratitud. Dado que los alienígenas ya nos han encontrado y presumiblemente poseen una inteligencia superior, podemos aprender de ellos. Esto ayuda a fortalecer la confianza mutua y promover una cooperación positiva.

Es deseable mantener una comunicación clara y abierta sobre las expectativas, los límites y las responsabilidades. Aclarar junto con los extraterrestres qué papel jugará cada uno en la cooperación y qué objetivos y obligaciones están asociados con ella. La comunicación transparente puede evitar malentendidos y fortalecer la confianza. Además de las estrategias mencionadas, es útil señalar los éxitos pasados y las experiencias positivas. Refiérase a los hitos y éxitos que ya se han logrado para fortalecer la confianza y crear conciencia sobre ellos para que la cooperación exitosa sea posible. Fomentar la confianza y la cooperación es un proceso continuo que requiere tiempo y compromiso. Ten en cuenta que la confianza no llega de un día para otro, sino que se construye a través de experiencias positivas duraderas, apertura y esfuerzos constructivos. Al incorporar estos enfoques en su comunicación con los extraterrestres, sienta las bases para una cooperación exitosa y permite un intercambio fructífero de conocimientos e ideas.

Estabilidad mental y emocional

Diversas técnicas

Técnicas para mantener la calma y la claridad En el contacto extraterrestre, pueden surgir situaciones que desafían nuestra estabilidad mental y emocional. Para reaccionar de manera adecuada y constructiva, es importante conocer los métodos para mantener la calma y lograr claridad, o para crearla. Este subcapítulo presenta varias técnicas para ayudarte a mantener tu equilibrio mental y emocional en el contacto extraterrestre. Muchas personas encuentran la paz y la claridad meditando. Soy consciente de que esto no es cierto para todas las personas, pero si nunca lo has probado, no puedes saber si podría ser útil. Así que vamos a conocer algunas técnicas que pueden ayudar en general.

La respiración está estrechamente relacionada con nuestras emociones y nuestro estado mental. A través de la respiración consciente, podemos calmarnos y enfocar nuestros pensamientos. Una técnica sencilla es la respiración abdominal. Coloca una mano sobre tu estómago y respira profundamente para que tu vientre se expanda. Aguanta la respiración por un momento y luego exhala lentamente. Repite este proceso más veces y siente que tu paz interior y tu claridad mejoran.

La meditación es una forma eficaz de calmar la mente y lograr la claridad interior. Siéntate en una posición cómoda, cierra los ojos y concéntrate en tu respiración o en un pensamiento tranquilizador. Deja pasar los pensamientos sin dejar que te lleven.

A través de la meditación regular, puedes fortalecer tu estabilidad mental y desarrollar una mentalidad tranquila y clara.

Las técnicas de visualización pueden ayudar a lograr un estado mental positivo para proporcionar claridad. Imagínese, por ejemplo, pensar con calma, confianza y claridad en una situación de contacto extraterrestre. Visualiza cómo te comunicas con éxito y estableces una conexión armoniosa con las formas de vida extraterrestres. Al crear imágenes tan positivas en tu mente, puedes fortalecer tu estabilidad mental y emocional.

Mindfulness significa estar conscientemente en el momento presente y prestar atención a tus pensamientos, sentimientos y sensaciones físicas. A través de los ejercicios de atención plena, puedes tomar conciencia de tus propias reacciones y aprender a dirigirlas conscientemente. Sé consciente de tus emociones y pensamientos sin juzgarlos ni ceder a ellos. Esto le permite mantener la calma y la claridad en situaciones difíciles. Cuidar del propio bienestar siempre es fundamental para mantener la estabilidad mental y emocional. Esto se aplica a la vida cotidiana o incluso en el caso de que quieras tener paz y claridad en el ámbito de una experiencia extraterrestre.

Dedique tiempo regularmente a actividades que le brinden alegría y relajación. Ya sea deportes, lectura, música, encuentro con amigos, etc. Crea conscientemente momentos de descanso y relajación para recargar tus baterías y fortalecer tu estabilidad mental. Establece límites claros y tómate un tiempo cuando sientas la necesidad de hacerlo. También asegúrese de comer una dieta saludable, dormir lo suficiente y hacer ejercicio, ya que estos factores también tienen un gran impacto en su estabilidad mental y emocional.

La reflexión regular y la autorreflexión son herramientas importantes para promover su estabilidad mental y emocional en un posible contacto extraterrestre. Tómate un tiempo para reflexionar sobre tus experiencias y emociones. Pregúntate cómo te sentiste en ciertas situaciones y cómo reaccionaste ante ellas. Identifique los posibles desencadenantes del estrés o la inquietud y piense en cómo puede lidiar mejor con ellos en el futuro. A través de esta autorreflexión consciente, puedes comprender mejor tus propios patrones y reacciones y trabajar específicamente para influir en ellos positivamente.

Es igualmente importante reconocer en una etapa temprana que a veces puede ser útil buscar y aceptar el apoyo de otras personas. Busca una conversación con personas de confianza, amigos o familiares, por supuesto también con personas de ideas afines, para hablar de tus experiencias y emociones en el contacto extraterrestre. A menudo, el simple hecho de compartir tus pensamientos y sentimientos puede ayudarte a obtener claridad y nuevas perspectivas. Además, el apoyo profesional, como terapeutas o entrenadores, puede ayudarte a fortalecer aún más tu estabilidad mental y emocional. Es una conclusión lógica que mantener la calma y la claridad en el contacto extraterrestre es crucial para comunicarse de manera efectiva y establecer una conexión positiva con las formas de vida extraterrestres. Las técnicas de manejo del estrés presentadas, tales como: relajación, atención plena, visualización y autocuidado, lo ayudan a fortalecer su estabilidad mental y emocional. Al usar regularmente estas técnicas, puede mantener la calma incluso en situaciones desafiantes y actuar de manera constructiva.

Incertidumbres y miedos

En contacto con extraterrestres, pueden ocurrir inseguridades y miedos, ya que es una situación desconocida y potencialmente aterradora. Es importante reconocer estas emociones para encontrar formas de lidiar con ellas. En esta sección, se presentan diversas estrategias y técnicas para hacer frente a las incertidumbres y miedos en el contacto extraterrestre. Empieza por reconocer y aceptar tus propias emociones y miedos. Tómese el tiempo para comprender qué miedos e inseguridades siente y cómo afectan su comportamiento y comunicación. Al lidiar conscientemente con tus emociones, puedes lidiar mejor con ellas y usarlas de manera específica.

Otra forma de lidiar con los miedos y las inseguridades es intercambiar ideas con otras personas que estén teniendo experiencias similares. Compartir pensamientos y sentimientos puede ayudar a construir una red de apoyo para encontrar soluciones comunes.

Aceptar que las inseguridades y los miedos son una parte natural del contacto extraterrestre puede ayudarnos a adaptarnos a los desafíos. Es importante ser pacientes con nosotros mismos y entender que no hay soluciones rápidas. El contacto extraterrestre es una experiencia única en la que poco a poco aprenderemos y creceremos.

Trata de ver las incertidumbres como oportunidades para el desarrollo personal. Ve el contacto extraterrestre como una oportunidad para crecer más allá de ti mismo y tener nuevas experiencias. Acepta que las incertidumbres y los miedos son parte del proceso y que puedes crecer a partir de ellos enfrentando los miedos. Existen varias técnicas para hacer frente a los miedos, como ya he descrito. Es importante tener expectativas realistas de contacto extraterrestre. Entiende que es una experiencia continua de aprendizaje y crecimiento y que no todas las inseguridades y miedos desaparecerán de inmediato. Establece metas pequeñas y celebra cada paso que das. Mantener una actitud positiva y paciencia te ayudará a lidiar con las inseguridades.

No olvides cuidar de tu propia salud mental y emocional. Dedique tiempo regularmente a actividades de cuidado personal que le brinden alegría y reduzcan el estrés. Pueden ser actividades como el deporte, la meditación, la lectura, escuchar música o explorar la naturaleza, pero mucho más. Al prestar atención a tu propio bienestar, fortaleces tu estabilidad mental en el contacto extraterrestre.

En última instancia, es importante aceptar el hecho de que ciertas inseguridades y miedos siempre pueden estar presentes en el contacto extraterrestre. Es una parte normal del ser humano sentir incertidumbre en situaciones desconocidas.

Aprende a confiar en tu propio juicio y cree que tienes las habilidades para lidiar con los desafíos que trae el contacto extraterrestre. Al lidiar con tus inseguridades y miedos y usar técnicas comprobadas para lidiar con ellos, puedes fortalecer tu estabilidad mental y emocional en el contacto extraterrestre. Ten en cuenta que cada persona es individual y tiene su propio enfoque para lidiar con la incertidumbre. Encuentra las estrategias que más te convengan y ten paciencia contigo mismo durante esta emocionante experiencia de contacto extraterrestre.

Debemos ser conscientes de que puede que no haya la oportunidad de referirnos a antecedentes concretos para reducir nuestras inseguridades y miedos. Sin embargo, podemos lidiar con nuestras emociones, informarnos e intercambiar ideas con los demás para encontrar una mejor manera de lidiar con esta situación desconocida.

Ten paciencia contigo mismo para embarcarte en el viaje del contacto extraterrestre, sin nociones predeterminadas ni información ancestral. A medida que nos embarcamos en este viaje único de experiencia, tenemos la oportunidad de desarrollarnos y crecer. Podemos ver nuestras incertidumbres como oportunidades para la transformación personal. Cada desafío y cada encuentro con el alienígena ofrece la oportunidad de crecer más allá de nosotros mismos y tener nuevas experiencias. Reconocer y respetar nuestras propias limitaciones puede ser muy útil en estas situaciones. Cada uno de nosotros tiene zonas de confort individuales que debemos identificar. Debemos permitirnos comunicar estos límites y respetarlos. Establecer límites nos permite sentirnos más seguros y manejar mejor nuestros miedos.

Deberíamos tener expectativas realistas de contacto extraterrestre. Debe entender que este es un viaje continuo de aprendizaje y crecimiento y que no todas las incertidumbres y miedos desaparecerán de inmediato. Con las pequeñas metas que nos proponemos, podemos celebrar cada progreso que hemos logrado. Una actitud positiva y paciencia nos ayudarán a lidiar con las incertidumbres que vienen con el contacto extraterrestre.

Empatía y comprensión

Sí, soy consciente de que ya has leído estas frases, y también puede suceder que las leas una o dos veces más. Dado que todo está relacionado de alguna manera, no se puede evitar esta referencia. Ten en cuenta que este ser proviene de un mundo completamente diferente al que estamos acostumbrados. En un contacto extraterrestre, la empatía y la comprensión son cruciales. Al esforzarnos por comprender las perspectivas y experiencias de las formas de vida extraterrestres, podemos establecer una conexión más profunda y minimizar los malentendidos. Por lo tanto, en este subcapítulo nos ocupamos de diversas técnicas y estrategias para promover la sensibilidad y la comprensión en el contacto extraterrestre.

Un aspecto clave de la empatía es la escucha activa y la toma de perspectiva. Al prestar toda nuestra atención a las formas de vida extraterrestres y tratar de comprender su punto de vista, podemos establecer una conexión más profunda. Al hacerlo, no solo debemos escuchar sus palabras, sino también tener en cuenta su comunicación no verbal y sus emociones. Además, podemos intentar ponernos en su lugar e imaginar cómo nos sentiríamos en situaciones similares. Hacer preguntas abiertas es otro método efectivo para promover la intimidad y la comprensión en el contacto extraterrestre. En lugar de hacer suposiciones, debemos ser curiosos y hacer preguntas para desarrollar una comprensión más profunda. Las preguntas abiertas fomentan las respuestas detalladas y promueven el diálogo. Es importante permanecer respetuoso y no hacer preguntas demasiado personales que puedan violar la privacidad de las formas de vida extraterrestres.

Para cultivar la empatía, puede ser útil cambiar conscientemente tu perspectiva. Al preguntarnos cómo veríamos el mundo si fuéramos una forma de vida extraterrestre, podemos desarrollar una comprensión más profunda. Miramos su mundo a través de sus ojos, teniendo en cuenta sus experiencias, valores y culturas. Esto nos permite conectarnos a nivel emocional. La reducción de prejuicios y clichés es otro aspecto importante, ya que estos pueden perjudicar significativamente la comunicación y la comprensión en el contacto extraterrestre. Ser conscientes de los prejuicios que podamos tener para poder cuestionarlos críticamente. Cuando reconocemos y rompemos nuestros propios prejuicios, nos abrimos a nuevas experiencias y permitimos una comunicación más abierta y empática. Al hacerlo, debemos considerar a las formas de vida extraterrestre como seres individuales y darles la oportunidad de mostrar sus personalidades y culturas únicas.

Además, es importante desarrollar la sensibilidad cultural. En el contacto extraterrestre, podemos encontrar diferentes orígenes culturales y sistemas de valores. Para garantizar una comunicación fluida, es importante demostrar sensibilidad cultural para ser respetuoso de estas diferencias.

He aquí algunas estrategias que se pueden utilizar tan pronto como se establezca el contacto para promover la sensibilidad cultural:
 Edúcate sobre las diferentes culturas: Aprende sobre la diversidad de las culturas extraterrestres, sus costumbres, tradiciones y sistemas de valores. Infórmate sobre las normas culturales y el comportamiento respetuoso.

Sé abierto y flexible:

Mantente abierto a nuevas perspectivas y dispuesto a replantearte tus propias ideas y suposiciones. Acepta que hay diferentes formas de entender e interpretar el mundo.

Practica la comunicación respetuosa:

Asegúrate de practicar una comunicación respetuosa y empática. Evite términos, gestos o temas culturalmente inapropiados. Esté atento a las señales no verbales y respete los límites personales.

Sensibilidad a las diferencias lingüísticas:

Dado que se puede suponer que existen barreras lingüísticas, hay que tener paciencia y utilizar medios de comunicación alternativos como las representaciones visuales, los símbolos o el lenguaje de signos. Esfuérzate por superar los malentendidos debidos a las diferencias lingüísticas.

Evita los estereotipos:

No asumas que todas las formas de vida extraterrestre de una cultura o especie en particular tienen ciertas características. Cada forma de vida individual es única, y los estereotipos pueden conducir a falsas suposiciones y malentendidos.

Diálogo e intercambio de conocimientos:

Promover el diálogo y el intercambio de conocimientos y experiencias. A través del diálogo, pueden aprender unos de otros y desarrollar una comprensión más profunda del otro.

Empatía y comprensión:

Muestre empatía y comprensión por los desafíos y experiencias de las formas de vida extraterrestres. Trata de ponerte en su lugar y entiende su perspectiva.

Fomentar la sensibilidad y la comprensión en el contacto extraterrestre nos permite conectarnos a un nivel más profundo y crear bases comunes para una comunicación y colaboración efectivas. Al concentrarnos en nuestras habilidades empáticas y adoptar una actitud culturalmente sensible, podemos lograr una convivencia armoniosa y respetuosa en el contacto extraterrestre.

Perspectivas de futuro

Desarrollos

Los avances tecnológicos y su impacto en la comunicación

Un posible contacto extraterrestre siempre ha encendido la imaginación de la humanidad. Si bien actualmente nos encontramos en una era de investigación y descubrimiento intensivos, es emocionante echar un vistazo al futuro y especular sobre cómo podría evolucionar la comunicación con formas de vida extraterrestres. Los avances tecnológicos juegan un papel decisivo en ello. En este subcapítulo, analizamos el impacto potencial de estas tecnologías en las comunicaciones de contacto extraterrestre.

Avances en la tecnología de traducción

La barrera del idioma siempre ha sido un desafío en el contacto extraterrestre. Pero con los rápidos avances en la tecnología de traducción, es posible que pronto podamos traducir idiomas en tiempo real. El aprendizaje automático y la inteligencia artificial ya están permitiendo resultados de traducción impresionantes. Es perfectamente concebible que los desarrollos futuros puedan incluso hacer posible la traducción directa de ideas, en las que el lenguaje ya no sirva como un obstáculo sino como un medio de conexión.

Tecnología de telecomunicaciones

Superar las largas distancias es uno de los mayores desafíos en el contacto extraterrestre. Las tecnologías del futuro podrían permitirnos comunicarnos de manera más rápida y eficiente.

Los avances en los viajes espaciales y la comunicación cuántica podrían reducir drásticamente los períodos de tiempo y permitir la comunicación en tiempo real. Se podrían desarrollar dispositivos de comunicación de largo alcance para garantizar una conexión sin interrupciones a largas distancias.

Comunicación holográfica

Imagina poder interactuar con formas de vida extraterrestre en forma de hologramas realistas. La comunicación holográfica podría proporcionar una experiencia inmersiva y realista en la que las señales visuales y auditivas se transmiten en un entorno virtual. Los avances en la tecnología holográfica podrían permitirnos dar cuenta de la comunicación no verbal y el lenguaje corporal en la comunicación interestelar.

Realidad virtual

El uso de la realidad virtual (RV) también podría revolucionar la comunicación en contacto extraterrestre. Al entrar en un entorno virtual, podríamos crear una plataforma común donde podamos encontrarnos y comunicarnos con formas de vida no terrestres. La realidad virtual ofrece la oportunidad de transmitir conceptos e información complejos de una manera visualmente atractiva y crear una conexión más profunda.

Interfaces neurológicas

Otra posibilidad fascinante es el desarrollo de interfaces neurológicas que permiten compartir pensamientos y emociones de forma directa. Al conectar el cerebro a una interfaz, podríamos transmitir nuestros pensamientos y emociones directamente a las formas de vida extraterrestres. Esto permitiría una forma profunda de comunicación que emana más allá de las barreras lingüísticas y culturales. Al compartir pensamientos, podríamos desarrollar una comprensión más profunda de los demás y conectarnos a un nivel completamente nuevo.

Inteligencia artificial y aprendizaje automático

La inteligencia artificial (IA) y el aprendizaje automático desempeñarán un papel importante en la comunicación futura con formas de vida extraterrestres. Los sistemas basados en IA podrían ser capaces de analizar e interpretar información compleja de diferentes fuentes para ayudarnos a comunicarnos. Podrían ayudarnos a comprender mejor las señales no verbales y los matices culturales de las formas de vida extraterrestres para evitar posibles malentendidos.

Ética y responsabilidad

Con todos estos avances tecnológicos, es importante tener en cuenta los aspectos éticos del contacto extraterrestre. Se debe garantizar el uso responsable de las tecnologías desarrolladas y el respeto por la privacidad y la autonomía de las formas de vida extraterrestres. Es muy importante que seamos conscientes de cómo se utilizan estas tecnologías y que nos comuniquemos de una manera que mantenga el respeto y la integridad.

El futuro del contacto extraterrestre promete emocionantes desarrollos en la comunicación. Los avances en la tecnología de traducción, las telecomunicaciones, la comunicación holográfica, la realidad virtual, las interfaces neurológicas y la inteligencia artificial y el aprendizaje automático están abriendo nuevas oportunidades para el intercambio con formas de vida extraterrestres. Depende de nosotros hacer un uso responsable de estas tecnologías y construir una comunicación abierta y respetuosa. Al prepararnos para este futuro, podemos explotar plenamente el potencial del contacto extraterrestre y dar la bienvenida a una nueva era de comunicación interestelar. Las perspectivas de futuros desarrollos tecnológicos en el contacto extraterrestre se basan en ideas especulativas y escenarios posibles. Es importante seguir los últimos avances en ciencia y tecnología para mantenerse informado sobre los últimos hallazgos. Los preparativos tecnológicos también son cruciales para estar preparado para la posibilidad de vida extraterrestre. Hay una serie de tecnologías que se pueden desarrollar para facilitar el trato con las formas de vida extraterrestres.

Una tecnología importante que podría desarrollarse es la tecnología de la comunicación. Será importante encontrar una manera de comunicarse con formas de vida extraterrestres, incluso si tienen un idioma o método de comunicación completamente diferente. Los investigadores podrían trabajar para desarrollar una tecnología de comunicación universal capaz de traducir e interpretar todo tipo de idiomas y métodos de comunicación.

Otra tecnología importante es la tecnología espacial. Será importante que la humanidad sea capaz de viajar de forma rápida y segura al espacio para interactuar con formas de vida extraterrestres. El desarrollo de naves espaciales rápidas, fiables y seguras será crucial. Por último, las tecnologías médicas también serán de gran importancia para estar preparados ante la posibilidad de vida extraterrestre. La humanidad tendría que ser capaz de responder rápidamente a las amenazas potenciales de virus y enfermedades que podrían ser transmitidas por formas de vida extraterrestres. El desarrollo de pruebas rápidas y eficaces, así como de vacunas y curas, será crucial.

También es importante que la humanidad se prepare para todos los escenarios posibles cuando se trata de contacto con vida extraterrestre. Los preparativos tecnológicos son una parte importante de estas medidas y deben ser desarrollados por investigadores y científicos de todo el mundo.

El desarrollo y el despliegue exitosos de estas tecnologías requerirán una estrecha colaboración entre los gobiernos, los científicos, las empresas de tecnología y la comunidad internacional. Será importante compartir recursos e información para encontrar las mejores soluciones y garantizar que el contacto extraterrestre sea coherente y coordinado a escala global, y que se tengan en cuenta aspectos importantes como la seguridad, la privacidad y la sensibilidad cultural.

También es de gran importancia que el público participe activamente en el discurso sobre el contacto extraterrestre. Esto se puede hacer a través de campañas de información, foros públicos, debates e instituciones educativas. Al crear conciencia y familiarizar a las personas con la ciencia más reciente, podemos romper prejuicios y promover una actitud positiva hacia las especies extraterrestres.

Por último, debemos ser conscientes de que el contacto extraterrestre también tendrá un impacto en nuestra propia sociedad y cultura. Planteará nuevas preguntas y nos obligará a repensar nuestras nociones de identidad, espiritualidad, ética y nuestro lugar en el universo. Es importante que nos interesemos por estos cambios y participemos activamente en la configuración de una nueva era de comunicación interestelar.

En general, el futuro del contacto extraterrestre está lleno de posibilidades. Con la preparación adecuada, el uso de tecnologías apropiadas, consideraciones éticas y una amplia participación social, podemos usar el contacto extraterrestre como una oportunidad para expandir nuestra comprensión del universo y marcar el comienzo de una nueva era de comunicación interestelar. Pero también debemos tener cuidado de continuar con la investigación y los descubrimientos científicos para mantenernos actualizados y ampliar nuestro conocimiento sobre el contacto extraterrestre.

Importancia para la humanidad

La importancia para la humanidad de un encuentro con vida extraterrestre va mucho más allá de los aspectos técnicos y también se refiere a los efectos filosóficos y sociológicos que tal encuentro podría tener en nuestra civilización. En esta sección, exploraremos este tema y destacaremos la importancia potencial de un encuentro con vida extraterrestre para la humanidad. Si este encuentro se produjera, sin duda tendría un profundo impacto en nuestra visión del mundo y nuestras perspectivas.

Nos enfrentaríamos a una forma de vida completamente nueva que ampliaría nuestras ideas de existencia e inteligencia. La experiencia de un encuentro con vida extraterrestre podría llevarnos a replantearnos nuestra posición en el universo y redefinir nuestra identidad en el contexto cósmico. Podría conducir a un cambio de paradigma, es decir, a un replanteamiento fundamental en nuestra comprensión de nosotros mismos y de nuestra relación con el mundo que nos rodea. La oportunidad de este contacto conduciría, sin duda, a un enorme progreso en la ciencia y la tecnología. Las tecnologías que se están desarrollando para la comunicación y el intercambio con formas de vida extraterrestres también podrían aplicarse a otras áreas. Se podrían obtener nuevos conocimientos sobre física, biología y otras ramas de la ciencia aprendiendo de formas de vida extraterrestres. Esto podría conducir a avances en la investigación médica, la tecnología espacial y otros campos.

Semejante coincidencia tendría, sin duda, un impacto en nuestra sociedad y cultura. Podría conducir a una nueva unidad y cooperación a nivel mundial, ya que la humanidad se enfrenta a un desafío común y a un objetivo común. La diversidad cultural podría verse como una riqueza y las diferencias entre los humanos y las formas de vida extraterrestres podrían verse como un enriquecimiento. Podría conducir a una nueva apreciación de la diversidad y a una identidad mundial que vaya más allá de las fronteras nacionales. Este contacto también podría conducir a una intensa reflexión espiritual y filosófica.

El encuentro con una inteligencia extraterrestre podría plantear preguntas sobre el significado de la vida, nuestra existencia y nuestro lugar en el universo. Podría conducir a nuevas formas de pensar y enfoques espirituales que desafíen y amplíen nuestras creencias anteriores. La humanidad podría entrar en una nueva fase de desarrollo de la conciencia y obtener una comprensión más profunda de la naturaleza del universo. Un encuentro con vida extraterrestre sin duda traería desafíos, pero también oportunidades. Tendríamos que enfrentar los desafíos de la comunicación intercultural y encontrar formas de superar las diferencias culturales y los malentendidos. Sería una oportunidad para llevar nuestras habilidades de comunicación a un nivel completamente nuevo. Además, se abrirían nuevos horizontes, acompañados de un enorme aumento del conocimiento, tanto en las áreas de la ciencia y la tecnología, como en la filosofía y la espiritualidad. Podríamos aprender de su alta tecnología avanzada y ampliar nuestros conocimientos de física, biología y otras disciplinas. Encontrar vida extraterrestre también podría ayudarnos a abordar los problemas primarios que enfrenta la humanidad, como encontrar fuentes de energía alternativas, abordar problemas ambientales o mejorar nuestros sistemas sociales.

Un encuentro con vida extraterrestre significaría una experiencia transformadora para la humanidad. Ampliaría nuestras perspectivas, haría avanzar nuestra tecnología y daría forma a nuestra sociedad y cultura. Podría conducir a una época de cambio y crecimiento, en la que superemos nuestras diferencias y construyamos una nueva comunidad global. La importancia de un encuentro con vida extraterrestre radica no solo en los aspectos técnicos, sino sobre todo en la posibilidad de comprendernos mejor y definir nuestro lugar en el universo

Enfoques y proyectos

El Estudio del Contacto Extraterrestre

En este capítulo, se presentan varios enfoques y proyectos para futuras investigaciones y exploraciones del contacto extraterrestre. Un número cada vez mayor de investigadores, científicos y organizaciones se han dedicado a explorar el misterio de la vida extraterrestre y a explorar formas de comunicación.

SETI:
En busca de inteligencia extraterrestre La Búsqueda de Inteligencia Extraterrestre (SETI) es una importante iniciativa de in-

vestigación que se centra en la captura de señales del espacio
que podrían indicar inteligencia extraterrestre. Los grandes ra-
diotelescopios se utilizan para escuchar señales del espacio y
buscar patrones o mensajes específicos. Aunque todavía no hay
evidencia clara de inteligencia extraterrestre, la investigación
SETI ya ha producido resultados prometedores.

Misiones espaciales, exploración robótica e investigación de
exoplanetas:
Otro enfoque para el estudio de la vida extraterrestre es a
través de misiones espaciales y exploración robótica. Se envían
sondas espaciales y robots a otros cuerpos celestes para buscar
signos de vida. Las misiones actuales, como la búsqueda de
agua líquida en Marte o la exploración de las lunas de Júpiter y
Saturno, ofrecen información fascinante.

Investigación de exoplanetas
En busca de mundos habitables, la investigación de exoplanetas ha avanzado considerablemente en los últimos años. Los
astrónomos son cada vez más capaces de identificar y analizar
exoplanetas con la ayuda de telescopios modernos. La búsqueda de exoplanetas similares a la Tierra que podrían tener condiciones habitables es un área emocionante de esta investigación.

Cooperación interdisciplinaria y participación ciudadana
El encuentro con vida extraterrestre requiere una amplia cooperación entre diferentes disciplinas y disciplinas. Científicos,
lingüistas, psicólogos, filósofos y muchos otros profesionales
deben trabajar juntos para llevar a cabo una investigación exhaustiva sobre el tema. Las iniciativas y conferencias internacionales reúnen a expertos de diferentes campos para compartir sus conocimientos y desarrollar nuevos enfoques. La partici-

pación ciudadana y los proyectos comunitarios también juegan un papel importante en la investigación del contacto extraterrestre. Cada vez son más las personas interesadas en participar activamente en la búsqueda de vida extraterrestre y en compartir sus experiencias y observaciones.

Consideraciones y debates teóricos

Además de los enfoques tecnológicos y científicos, también hay consideraciones y debates teóricos. La discusión de la paradoja de Fer mi, que trata de la cuestión de por qué, a pesar de la posible existencia de muchos planetas potencialmente amigables para la vida en el universo, aún no se han encontrado pruebas claras de vida extraterrestre, es un ejemplo de esto. Estos debates invitan a la reflexión y pueden inspirar nuevas perspectivas y enfoques en la investigación.

Perspectiva hacia el futuro

Contactos con extraterrestres La perspectiva hacia el futuro con contactos extraterrestres ofrece una visión fascinante de las oportunidades y los desafíos. Es de gran importancia que sigamos desarrollando nuestras estrategias y habilidades de comunicación a fin de estar preparados para posibles contactos futuros. El contacto extraterrestre no solo abre la oportunidad de ampliar nuestra comprensión del universo, sino también de reflexionar sobre nuestra propia humanidad y obtener nuevas perspectivas sobre la vida en el espacio.

Condiciones generales

Aspectos legales generales

En el mundo de las relaciones interestelares, es esencial explorar la dimensión legal. En la actualidad, es difícil imaginar que las leyes y regulaciones existentes en la Tierra sean aplicables al contacto con formas de vida extraterrestres. Todavía no se conocen los acuerdos o tratados internacionales creados específicamente para la interacción con vida extraterrestre. Si tales acuerdos existen, su pertinencia es cuestionable. Hasta la fecha, no hay informes oficiales de seres extraterrestres que ya hayan firmado un marco legal o tratado. Este hecho abre un amplio campo para la especulación y las preguntas abiertas.

Estas preguntas que surgen en relación con el entorno legal para el contacto con vida extraterrestre son diversas y complejas. Algunas de ellas se examinarán con más detalle en las próximas secciones. ¿Quién es el responsable del primer contacto con formas de vida extraterrestres y cómo debería tener lugar? ¿Cómo se regulan los derechos de propiedad sobre los recursos y tecnologías adquiridos a través de los contactos con formas de vida extraterrestres? ¿Qué regulaciones son necesarias para establecer y regular las relaciones comerciales con las especies extraterrestres? ¿Qué leyes se aplican a la coexistencia de humanos y formas de vida extraterrestres en asentamientos comunes o estaciones espaciales? Estas preguntas y muchas otras preguntas deben seguir, incluso si todavía no tenemos respuestas satisfactorias a ellas.

Los derechos y deberes de las diferentes especies en el universo son de gran importancia. ¿Cómo se pueden proteger estos derechos y cómo se respeta y preserva la soberanía de las diferentes especies?

En el caso de desacuerdos entre diferentes especies, surge la pregunta de cómo se pueden resolver los conflictos. También se debe regular la transferencia de tecnología y conocimientos entre estas especies. Y por último, pero no menos importante, debemos pensar en quién es responsable de las acciones que podrían afectar la vida de otras formas de vida en el universo. La ética juega un papel primordial en este contexto. ¿Qué normas éticas deben observarse en el trato con la vida extraterrestre y en la diplomacia intergaláctica?

Uno debería pensar en estas preguntas en una etapa temprana para asegurar una cooperación fluida entre las diferentes formas de vida en el universo y para evitar conflictos indeseables. Puede ser necesario desarrollar nuevos acuerdos y leyes internacionales que se adapten específicamente a las necesidades y requisitos de la vida extraterrestre. Con el fin de hacer frente a estos desafíos, la humanidad debe prepararse para estos problemas a su debido tiempo.

La dimensión legal del contacto con la vida extraterrestre requiere una cuidadosa consideración de las responsabilidades, los derechos, los deberes y las normas éticas. Una posible solución podría ser la creación de una organización o comité internacional que se ocupe de las cuestiones de derecho intergaláctico y que sirva de plataforma para el diálogo y la cooperación.

Los aspectos y preguntas mencionados son actualmente todavía de carácter hipotético y no pueden ser respondidos de manera concluyente debido al estado actual del conocimiento. Sin embargo, es de suma importancia abordar estas preguntas y prepararse para un posible contacto con vida extraterrestre. La humanidad puede estar enfrentando un futuro emocionante de intercambio y cooperación intergaláctica. Es nuestra responsabilidad enfrentar estos desafíos con previsión, comprensión y respeto a fin de permitir la coexistencia pacífica y armoniosa con otras formas de vida en el universo.

Derechos y Deberes en el Universo

La discusión sobre los derechos y deberes de los seres en el universo es inherentemente compleja y controvertida, ya que no existen leyes o estándares universalmente aceptados que sean seguidos por todas las entidades en el cosmos. Sin embargo, existen diversas condiciones marco legales y éticas que pueden servir de indicadores para la coexistencia de diferentes formas de existencia.

Un enfoque para resolver este problema es el concepto de "responsabilidad cósmica". Postula que todos los seres inteligentes del universo son responsables de garantizar que sus acciones estén en armonía con la preservación y promoción de la vida en todo el universo. Esta responsabilidad se extiende tanto a la protección de las propias especies como al bienestar de otras formas de vida y sus hábitats.

Existen acuerdos y convenciones internacionales relativos a la protección y preservación de las criaturas del universo, como la Convención para la Protección del Espacio y de los Planetas. Este acuerdo regula la prohibición de la contaminación de los cuerpos celestes con materiales orgánicos y biológicos, así como el uso de recursos sin el permiso correspondiente. Además de las consideraciones legales, los aspectos morales son de gran importancia con respecto a la protección de los seres en el universo. La reflexión moral es esencial, especialmente cuando se trata de especies extraterrestres, que pueden no haber alcanzado el mismo nivel de desarrollo o progreso que la humanidad. En tales situaciones, es de suma importancia mostrar empatía y compasión y asegurarse de que no se haga daño. Cabe señalar, sin embargo, que estas consideraciones pueden no aplicarse a los visitantes extraterrestres, ya que su etapa de desarrollo puede estar muy por delante de la nuestra debido a su visita a la Tierra.

La cuestión de los derechos y deberes de las criaturas en el universo es una cuestión compleja que requiere consideraciones jurídicas, morales y éticas. La idea de la responsabilidad cósmica y la protección de los seres y hábitats sirven como guía para asegurar que todos los seres del universo sean respetados y preservados.

Responsabilidad por el contacto inicial

¿Quién debería tomar la iniciativa?

¿Alguna vez has pensado en quién debería ser responsable del primer contacto con formas de vida extraterrestres y cómo debería ocurrir esto? Esta pregunta plantea una serie de consideraciones, ya que actualmente no contamos con una autoridad oficial o institución específicamente responsable de la gestión de la vida extraterrestre. Sin embargo, existen diferentes enfoques y formas de abordar este desafío.

Un posible papel en la responsabilidad del primer contacto podría ser desempeñado por los gobiernos a nivel mundial. Dado que el primer contacto es un acontecimiento de enorme importancia y consecuencias potencialmente de largo alcance, tendría sentido que los gobiernos unieran fuerzas y desarrollaran un enfoque coordinado. Las organizaciones internacionales como las Naciones Unidas o la Unión Astronómica Internacional (UAI) podrían desempeñar un papel de apoyo como plataformas para el intercambio de información y la coordinación de medidas.

Sin embargo, también existe la posibilidad de que el primer contacto sea espontáneo e impredecible, por ejemplo, al recibir señales desde el espacio o la aparición de naves extraterrestres en la Tierra. En tal escenario, cada persona tendría que reaccionar de manera flexible y asegurarse de tener una estrategia de comunicación clara destinada a permitir un intercambio seguro, comprensivo y pacífico con las formas de vida extraterrestres.

Independientemente de quién sea el responsable final del contacto inicial, es de enorme importancia que este se haga de forma respetuosa y empática. Tanto la humanidad como las formas de vida extraterrestres deberían tener la oportunidad de encontrarse de manera segura y sin daño. La comunicación abierta y transparente, basada en la comprensión mutua, el respeto y la cooperación, debe ser la base de este momento histórico. Al hacerlo, también debe tener en cuenta las diferencias culturales y la diversidad de las formas de vida extraterrestre y esforzarse por el intercambio intercultural para evitar malentendidos y luchar por la coexistencia pacífica.

La cuestión de la responsabilidad por el primer contacto con formas de vida extraterrestres es indudablemente compleja. Requiere una cuidadosa planificación, preparación y cooperación mundial, porque nadie puede decir dónde o cómo tendrá lugar la primera reunión. Al adoptar un enfoque responsable y ético, puede asegurarse de que este momento histórico se convierta en una experiencia positiva y enriquecedora para todos los involucrados.

Derechos de propiedad

Propiedad de los recursos y las tecnologías

La cuestión de la propiedad de los recursos y las tecnologías es una cuestión extremadamente compleja y significativa que podría ser de importancia central en caso de contacto con formas de vida extraterrestres. Supongamos que las formas de vida extraterrestre poseen recursos valiosos que podrían ser de considerable beneficio para la humanidad, como fuentes de energía revolucionarias, curas innovadoras o materiales revolucionarios. En tal escenario, las cuestiones éticas y morales deben discutirse cuidadosamente para garantizar que estos recursos se compartan y utilicen de manera justa sin violar los derechos de las formas de vida extraterrestres.

No sería apropiado ni justo reclamar estos recursos que no sean formas de vida terrestre simplemente por nuestra supuesta superioridad tecnológica (que bien puede ser cuestionada en vista de nuestros éxitos anteriores en los viajes espaciales) o debido a nuestra mayor población. En su lugar, se debe seguir un enfoque cooperativo, en el que la humanidad y las formas de vida extraterrestre decidan conjuntamente la mejor manera de utilizar los recursos para el beneficio mutuo. Una cuestión fundamental es cómo lograr una distribución justa de estos recursos. Principios como la justicia, la sostenibilidad y la protección del medio ambiente natural pueden desempeñar un papel decisivo en este sentido. Puede ser necesario contar con acuerdos o tratados internacionales que establezcan reglas y estándares claros para lidiar con este potencial extraterrestre.

Las tecnologías desarrolladas por formas de vida extraterrestres también podrían tener un impacto significativo en la humanidad. Estas tecnologías podrían ayudarnos a resolver problemas acuciantes, ya sea en los campos de la medicina, la producción de energía o el espacio. Se requiere la máxima precaución para garantizar que estas tecnologías se utilicen de manera responsable y que se respeten los derechos de las formas de vida extraterrestres. Tal vez sea necesario elaborar acuerdos y directrices internacionales para garantizar el uso responsable de esas tecnologías y velar por que sirvan al bien de toda la humanidad. Esto requiere una profunda cooperación intercultural e intergaláctica para promover la coexistencia armoniosa y abordar las oportunidades y los desafíos por igual.

Si realmente hay encuentros con civilizaciones extraterrestres en el futuro, la cuestión de los derechos de propiedad de tecnologías y recursos avanzados podría ser de enorme interés. En tal situación, podrían surgir preguntas sobre quién tiene el derecho de usar estos recursos y si debería haber pautas éticas para garantizar que el uso de estos recursos sea justo y sostenible.

Los derechos de propiedad sobre recursos y tecnologías extraterrestres son un tema muy complejo y controvertido que abarca dimensiones legales, éticas y sociales. Actualmente, no existen leyes o normas internacionales que se hayan desarrollado específicamente para este caso. Por lo tanto, es de suma importancia que la comunidad internacional coopere para elaborar directrices y acuerdos claros que rijan el uso de estos recursos y garanticen una distribución justa. La cooperación internacional y el intercambio de conocimientos especializados podrían desempeñar un papel crucial en este sentido.

Con todos los pensamientos escritos en este libro, hay una incógnita. Estas incógnitas son los propios alienígenas. Incluso si los gobiernos, los países y los pueblos de nuestro planeta se ponen de acuerdo sobre cómo tratar todos los recursos y valores, esto no significa que esto se haga en interés de los visitantes del espacio.

Por lo tanto, ¡la gran pregunta sigue siendo!
 Dadas las capacidades avanzadas de las formas de vida extraterrestres, la pregunta central sigue siendo cómo responderán a nuestras nociones de derechos de propiedad sobre los recursos y las tecnologías. Esto plantea la pregunta de si la Tierra es el único planeta que ha sido visitado por extraterrestres. Si ya hay otros planetas visitados, surge la pregunta de las reglas establecidas allí: ¿quién las estableció y cuáles son las consecuencias? La posibilidad de que tengamos que someternos al 100% a las regulaciones de las civilizaciones no terrestres abre un escenario fascinante que también se puede considerar en este contexto.

Relaciones comerciales

Posibles relaciones comerciales con especies extraterrestres

Establecer relaciones comerciales con formas de vida extraterrestres requiere una cuidadosa reflexión y preparación. Es crucial tener en cuenta los intereses y necesidades de ambas partes para garantizar una comunicación efectiva.

En las transacciones comerciales con formas de vida extraterrestres, los derechos de propiedad claramente definidos son de gran importancia. Deben establecerse normas y reglamentos que permitan un comercio justo y equitativo que beneficie a todas las partes interesadas. La seguridad también juega un papel importante. Es esencial que los recursos y las tecnologías comercializados sean seguros y no representen una amenaza para la salud o la seguridad de las especies involucradas. Además, se deben tener en cuenta los posibles impactos sobre el medio ambiente y el universo en su conjunto. El comercio de formas de vida extraterrestre puede tener consecuencias imprevistas para los ecosistemas y los planetas, por lo que debe ser sostenible y responsable.

La base de todas las relaciones comerciales con formas de vida extraterrestre debe ser la cooperación y el respeto mutuo. Ambas partes deben beneficiarse de la asociación y buscar beneficios a largo plazo. Con el fin de regular las relaciones comerciales con formas de vida extraterrestres, el establecimiento de un marco legal es una prioridad importante. Los acuerdos y tratados internacionales pueden establecer directrices claras para el comercio, la protección de los derechos y la resolución de conflictos. Una forma es crear una agencia especializada responsable de regular y monitorear el comercio de formas de vida extraterrestres.

Esta autoridad podía negociar, establecer condiciones comerciales y mediar en disputas.

La promoción de la investigación y el desarrollo en el campo del comercio interestelar es un área que no se puede descuidar. Estos incluyen la investigación de nuevas oportunidades comerciales, el desarrollo de tecnologías comerciales y la capacitación de profesionales para el comercio intergaláctico. Es crucial que las relaciones comerciales con las formas de vida extraterrestre sean a largo plazo y sostenibles. La humanidad debe beneficiarse de la experiencia y los recursos de las formas de vida extraterrestre y, al mismo tiempo, respetar los derechos y las necesidades de todas las partes involucradas. La comunicación abierta y transparente es un aspecto importante para evitar malentendidos y poder definir objetivos comunes.

Esta autoridad podía negociar, establecer condiciones comerciales y mediar en disputas. La promoción de la investigación y el desarrollo en el campo del comercio interestelar es un área que no se puede descuidar. Estos incluyen la investigación de nuevas oportunidades comerciales, el desarrollo de tecnologías comerciales y la capacitación de profesionales para el comercio intergaláctico. Es crucial que las relaciones comerciales con las formas de vida extraterrestre sean a largo plazo y sostenibles. La humanidad debe beneficiarse de la experiencia y los recursos de las formas de vida extraterrestre y, al mismo tiempo, respetar los derechos y las necesidades de todas las partes involucradas. La comunicación abierta y transparente es un aspecto importante para evitar malentendidos y poder definir objetivos comunes.

Además, la protección de la propiedad intelectual es enormemente importante en las relaciones comerciales con formas de vida extraterrestres. Es fundamental desarrollar mecanismos para proteger las patentes, los derechos de autor y otros derechos de propiedad intelectual. Esto promueve la innovación y salvaguarda los intereses de todas las partes involucradas.

El comercio de formas de vida extraterrestre no debe verse de forma aislada, sino que debe integrarse en un contexto más amplio. La cooperación con otros gobiernos y organizaciones es importante para desarrollar las mejores prácticas e intercambiar experiencias. El establecimiento de relaciones comerciales con formas de vida extraterrestres debe basarse en la cooperación, el beneficio mutuo y la prosperidad a largo plazo para todas las especies involucradas. El tema de la comunicación y las relaciones comerciales con las formas de vida extraterrestre es un desafío complejo que requiere una planificación, comunicación y cooperación exhaustivas. A través de un marco legal integral, un enfoque sostenible y un enfoque en la cooperación y el respeto mutuo, las relaciones comerciales con formas de vida extraterrestre pueden contribuir al beneficio mutuo y promover el progreso interestelar.

Convivencia en asentamientos

Dado que la coexistencia de humanos y formas de vida extraterrestres en asentamientos o estaciones comunes es un escenario muy hipotético, actualmente no existen leyes específicas que lo regulen. Sin embargo, las leyes y los tratados existentes, como el derecho internacional y los acuerdos internacionales, podrían servir de directrices para la convivencia.

Pueden surgir algunas preguntas jurídicas: ¿Cómo se regulan los derechos de propiedad sobre los recursos y las tecnologías compartidos? ¿Cómo se resuelven los conflictos entre las diferentes especies? ¿Quién es el responsable de la seguridad y defensa de los asentamientos comunes o estaciones ver? ¿Cómo se castigan los crímenes y los delitos contra miembros de otra especie, pero también contra la propia raza?

El objetivo es crear una estructura de asentamientos o estaciones en la que los representantes de ambas especies trabajen juntos y tomen decisiones conjuntas. Esto permite una consideración equilibrada de los intereses y necesidades de todos los residentes. Además, se podría desarrollar un marco legal que se adapte específicamente a las necesidades y desafíos de la coexistencia entre los seres humanos y las formas de vida no terrestres. Este marco debe incluir disposiciones claras sobre cómo se puede determinar la propiedad de los recursos y tecnologías compartidos y cómo se pueden resolver las posibles disputas.

La seguridad y defensa de los asentamientos o estaciones comunes sería una responsabilidad compartida de la especie. Sería importante establecer mecanismos de cooperación y coordinación eficaces a fin de identificar posibles amenazas y responder adecuadamente a ellas. En el caso de los delitos y delitos contra miembros de otra especie, se debe establecer un sistema legal justo y transparente que tenga como objetivo la igualdad de trato y la justicia para todos los habitantes de los asentamientos. Esto podría incluir el establecimiento de tribunales especializados o tribunales de arbitraje encargados de resolver esos casos. Para garantizar una convivencia armoniosa, es fundamental promover la comunicación, el entendimiento mutuo y el respeto entre las diferentes especies. Los programas educativos y los intercambios interculturales pueden ayudar a derribar prejuicios y promover la coexistencia pacífica.

Dado que la convivencia en asentamientos humanos y extraterrestres sería un desafío, se necesita una amplia preparación y planificación para abordar los posibles problemas a fin de permitir una coexistencia armoniosa.

Soberanía

Con respecto a la vida extraterrestre, surgen diferentes consideraciones sobre la soberanía de las naciones y los estados. Algunos países podrían argumentar que tienen derecho a proteger sus fronteras de invasores extraterrestres, ya que el control de su territorio es su responsabilidad. Por otro lado, el argumento podría ser que la existencia de vida extraterrestre tiene un impacto en toda la humanidad. Por lo tanto, es necesario adoptar medidas mundiales para garantizar que se tengan en cuenta los intereses de todos. Esto podría conducir a una regulación global que garantice la protección tanto de la humanidad como de las especies extraterrestres.

Actualmente, no existen acuerdos o tratados internacionales que sean de acceso público y que traten explícitamente sobre la soberanía en el contexto de la vida extraterrestre. Sin embargo, esto podría convertirse en tema de debate y negociación en el futuro, especialmente en el caso de un primer contacto o cooperación con formas de vida extraterrestres.

La cuestión de la soberanía en el contexto de la vida extraterrestre es extremadamente compleja y requiere una cuidadosa consideración. Un posible enfoque podría ser promover los debates y las negociaciones internacionales para llegar a un consenso sobre la forma de respetar los derechos soberanos, teniendo en cuenta los intereses mundiales y la protección de todas las partes interesadas. Una solución podría ser la creación de una organización o consejo internacional que sirviera de foro para el intercambio y la coordinación entre las naciones. Esto podría desarrollar directrices y recomendaciones para preservar la soberanía de los estados, al tiempo que promueve un enfoque cooperativo para hacer frente a la vida extraterrestre.

En cualquier caso, es de suma importancia que las discusiones sobre la soberanía y la vida extraterrestre se lleven a cabo sobre una base de respeto y comprensión. Los diferentes puntos de vista deben ser escuchados y sopesados con el fin de encontrar un enfoque justo y equilibrado que tenga en cuenta los intereses de todas las partes implicadas. Este enfoque será crucial para dar forma al futuro de la vida extraterrestre en un mundo globalizado.

Resolución de conflictos

Resolver conflictos entre diferentes especies en el universo es, sin duda, un asunto complejo que requiere una consideración exhaustiva de muchos aspectos. Al lidiar con conflictos con formas de vida extraterrestres, uno se enfrenta a desafíos, que a menudo resultan de las ideas culturales diferentes y los sistemas de valores de las especies involucradas.

Un posible enfoque para la resolución de conflictos podría ser el establecimiento de tribunales de arbitraje intergalácticos, u órganos de conciliación, que se ocupen específicamente de las disputas entre diferentes especies y trabajen sobre una base legal común. Sin embargo, este enfoque presupone que las partes involucradas están dispuestas a cooperar y entenderse mutuamente.

Otra posibilidad podría ser el desarrollo de un acuerdo intergaláctico que establezca principios y valores comunes y sirva de guía para resolver conflictos entre diferentes especies en el universo. Esto serviría como marco para la resolución de conflictos y ayudaría a establecer expectativas y normas claras.

La resolución eficaz de conflictos requiere que todas las especies involucradas asuman su responsabilidad y busquen activamente llegar a compromisos y promover soluciones pacíficas. Cada especie puede aportar sus propios recursos y habilidades.

El diálogo abierto y la comunicación respetuosa entre las partes involucradas son elementos fundamentales para una resolución exitosa de conflictos.

A través del intercambio de puntos de vista, la comprensión de los motivos y necesidades de cada uno y la búsqueda conjunta de soluciones, los conflictos pueden resolverse pacíficamente.

En la gestión de conflictos, es esencial que se tengan en cuenta por igual los derechos y las necesidades de todas las partes implicadas. Un enfoque justo y equilibrado es de suma importancia para encontrar soluciones sostenibles y promover la armonía a largo plazo en el universo. Este enfoque ayudaría a resolver los conflictos de manera respetuosa y cooperativa, contribuyendo así al bienestar y la estabilidad del cosmos en su conjunto.

Transferencia de tecnología

La transferencia de tecnología entre diferentes especies en el universo puede ser extremadamente compleja debido a las posibles diferencias en la tecnología, la cultura y la ética de las especies involucradas. Es importante que las especies involucradas acuerden reglas y procedimientos claros para la transferencia de tecnología a fin de garantizar que la tecnología se utilice de manera responsable y que no se cause daño a las especies involucradas ni al universo.

Una forma de regular la transferencia de tecnología es la creación de una organización u organismo internacional responsable de supervisar y regular la transferencia de tecnología entre diferentes especies en la universidad. Esta organización podría desarrollar y supervisar políticas y procedimientos para la transferencia de tecnología a fin de garantizar que la tecnología se utilice de forma responsable y que no haya un impacto indeseable en la especie o en la universidad de que se trate.

También es importante que los seres involucrados sean capaces de usar y mantener la tecnología de manera segura y efectiva. La capacitación, las sesiones de capacitación y los programas de intercambio entre especies pueden ayudar a garantizar que la tecnología se utilice y mantenga de manera responsable. Además, es importante que las criaturas involucradas consideren el impacto de la tecnología en el medio ambiente y otras especies en el universo. Una evaluación ambiental exhaustiva puede ayudar a identificar los riesgos potenciales y tomar medidas para minimizar los impactos negativos en el medio ambiente y otras especies.

Cuando se trata de transferencia de tecnología, la comunicación abierta y transparente es de inmensa importancia. Al intercambiar información, compartir conocimientos y aprender juntos, se pueden evitar posibles malentendidos o conflictos. La transferencia de tecnología debe ser recíproca, y ambas especies deben beneficiarse por igual de la colaboración. Una distribución justa de los beneficios y un reconocimiento respetuoso de las competencias y contribuciones de cada forma de vida son de gran importancia para garantizar una asociación sostenible y a largo plazo en materia de transferencia de tecnología.

Responsabilidad

La responsabilidad de las acciones que podrían afectar la vida de otras especies en el universo en el primer Li nunca recae en cada una de las especies involucradas. Puede haber normas éticas y morales universales que se apliquen a todas las especies del universo, pero no existe una autoridad oficial responsable de hacer cumplir estas normas.

Cuando una especie realiza una acción que podría afectar la vida de otra especie, es de suma importancia que sea consciente de las consecuencias y considere cuidadosamente el impacto de sus acciones en otras especies. En determinados casos, puede ser necesario que la comunidad internacional o una organización similar intervenga para minimizar los daños causados y prevenir posibles daños futuros.

Todas las especies del universo deben ser conscientes de que sus acciones pueden tener consecuencias para otras formas de vida. Cada especie tiene la responsabilidad de garantizar que actúa de acuerdo con las normas éticas y morales universales para proteger la vida de otras especies en el universo.

Una forma eficaz de concienciar sobre esta responsabilidad es facilitar el intercambio de información y conocimientos entre especies. La comunicación abierta y transparente puede ayudar a evitar malentendidos y crear conciencia sobre las consecuencias de ciertas acciones. Además, el establecimiento de una organización u organismo internacional podría servir como foro para discutir cuestiones éticas relacionadas con la vida extraterrestre y desarrollar directrices para una acción responsable. Esto ayudaría a promover un entendimiento común de la responsabilidad hacia otras especies en el universo.

También hay que tener en cuenta que cada especie desempeña un papel activo en la identificación de riesgos potenciales y en el desarrollo de estrategias para minimizarlos. Esto puede lograrse mediante la realización de evaluaciones ambientales, teniendo en cuenta las prácticas sostenibles y el cumplimiento de medidas de precaución.

Si cada especie asume sus responsabilidades y trabaja por la protección y el bienestar de las demás especies del universo, se puede lograr una convivencia armoniosa y respetuosa. La responsabilidad de cada individuo contribuye a hacer que el futuro de la vida interestelar en el universo sea seguro y digno de ser vivido.

Ética

Se deben observar normas éticas en la gestión de la vida extraterrestre y en la diplomacia intergaláctica para garantizar que se
respeten los derechos y la dignidad de todas las especies involucradas. Algunas de las normas éticas más importantes podrían
ser:

Respeto por la vida y los derechos individuales de todas las
especies en el universo:
 Cada especie debe reconocer y respetar la singularidad y el valor de la vida de otras especies. Esto significa no sólo el reconocimiento de la existencia física, sino también la consideración de las diferencias culturales, religiosas y sociales. También
exige el respeto de los derechos y libertades fundamentales de
todos los seres vivos, independientemente de su origen o especie.

Uso responsable de los recursos y tecnologías:
 No deben ser extraídos ni utilizados a expensas de otras especies. Esto requiere el uso sostenible de los recursos naturales y
una cuidadosa consideración del impacto ambiental de las tecnologías y los desarrollos. Una especie debe asegurarse de que
sus acciones no provoquen daños al medio ambiente o al eco-
sistema que afecten negativamente a otros seres vivos.

Prevención de la violencia y resolución pacífica de conflictos:
 Los conflictos deben resolverse a través del diálogo, la negociación y la mediación para promover la coexistencia no violen-

ta y armoniosa. Esto requiere empatía y comprensión de los puntos de vista de otras especies para encontrar intereses y soluciones comunes. Al promover la tolerancia y el respeto mutuo, los conflictos pueden resolverse pacíficamente.

Promover la cooperación y la solidaridad:
 Entre las diferentes formas de lograr objetivos comunes. Al compartir conocimientos, recursos y habilidades, las especies pueden aprender unas de otras y trabajar juntas para dar forma a un futuro mejor en el universo. Esto requiere la voluntad de trabajar juntos más allá de las fronteras culturales y políticas y de poner los intereses comunes por encima de las diferencias individuales.

Compromiso con la transparencia y la apertura en la comunicación y la cooperación. La comunicación honesta y transparente fomenta la confianza y permite una colaboración efectiva. Esto requiere la divulgación de información relevante para la cooperación, así como la voluntad de hablar abiertamente sobre los objetivos, preocupaciones y expectativas. La comunicación abierta y de confianza puede evitar malentendidos y lograr objetivos comunes de manera más efectiva.

Estas normas éticas pueden ayudar a garantizar que la gestión de la vida extraterrestre y la diplomacia intergaláctica estén diseñadas de una manera moralmente responsable y sostenible. Si todos respetan los principios éticos y actúan en consecuencia, se puede lograr una coexistencia justa y armoniosa entre las especies en el universo.

Reflexiones espirituales y filosóficas

Los encuentros con vida extraterrestre pueden plantear profundas preguntas espirituales y filosóficas que desafían nuestra comprensión de la posición humana en el universo y nuestra relación con otros seres inteligentes. Algunas personas ven el descubrimiento de vida extraterrestre como una oportunidad para expandir y repensar nuestras creencias espirituales y tal vez incluso cambiar nuestra comprensión de Dios y la religión. Lo ven como una invitación a profundizar nuestra fe y a situarla en un contexto cósmico más amplio.

Por otro lado, algunos argumentan que el descubrimiento de vida más allá de la Tierra nos obliga a pensar en nuestra propia humanidad en un universo más grande. Este encuentro podría ayudarnos a ver nuestra existencia bajo una nueva luz y a comprender nuestra conexión con otros seres inteligentes a mayor escala.

En filosofía, hay discusiones sobre cómo el descubrimiento de vida extraterrestre podría influir en nuestra comprensión de la ética y la moralidad. Encontrar vida extraterrestre inteligente podría plantear preguntas sobre cómo tratamos a estos seres y qué responsabilidad tenemos por sus vidas y derechos. Esto podría llevar a una reevaluación de nuestros principios éticos y hacer que reconsideremos nuestras obligaciones morales para con otros seres inteligentes.

Todas estas consideraciones espirituales y filosóficas subrayan la necesidad de prepararse para la posibilidad de descubrir vida extraterrestre. Debemos estar preparados para adaptarnos a preguntas y escenarios nuevos y desafiantes. Es importante permanecer abiertos y ver este encuentro como una oportunidad para ampliar nuestro conocimiento y obtener nuevas perspectivas sobre nosotros mismos y el universo. El descubrimiento de vida extraterrestre podría ampliar nuestros horizontes espirituales y filosóficos e inspirarnos a explorar más a fondo las profundas cuestiones de nuestra existencia en el cosmos.

La vida con extraterrestres

Convivir

Visiones y realidad

Una posible coexistencia con formas de vida extraterrestres es un tema que se trata en muchas historias y películas de ciencia ficción. En realidad, sin embargo, es difícil predecir cómo sería realmente esa cohabitación. Depende de una variedad de factores, como las diferencias fisiológicas, biológicas, culturales y tecnológicas entre las especies.

Sin embargo, algunos autores y científicos han esbozado posibles escenarios de cómo podría ser la coexistencia con formas de vida extraterrestres. Un ejemplo de esto es un tipo de diplomacia intergaláctica, en la que representantes de diferentes planetas se reúnen regularmente y discuten preocupaciones comunes, como la conservación de los recursos o la resolución de conflictos. Otra posibilidad sería que los humanos y las formas de vida extraterrestres vivieran juntos y trabajaran juntos en estaciones espaciales especiales o colonias para mejorar sus condiciones de vida y lograr objetivos comunes. En tal escenario, sería importante que tanto los humanos como las formas de vida extraterrestres estén dispuestos a comprometerse y respetar las diferencias culturales y necesidades de los demás. Sin embargo, también existen posibles desafíos y riesgos al convivir con otras formas de vida que no sean terrestres. Por ejemplo, pueden surgir conflictos cuando los recursos son escasos o cuando los intereses de ambas especies son opuestos. También puede ser difícil encontrar un idioma común o superar las diferencias culturales.

Otro riesgo es que las enfermedades y los virus puedan propagarse entre especies, ya que se desconoce el sistema inmunológico de las otras especies. Por lo tanto, es importante tomar estrictas precauciones de seguridad para minimizar el riesgo de enfermedad e infección cuando se vive junto con formas de vida extraterrestres.

Es difícil predecir cómo sería realmente la coexistencia con formas de vida extraterrestres. Sin embargo, es importante que la humanidad se prepare para un posible encuentro con formas de vida extraterrestres. Esto incluye mejorar el conocimiento de la fisiología, la biología, la diplomacia y la tecnología, así como prepararse para los posibles desafíos y riesgos que podrían surgir de dicha coexistencia.

Coexistencia intergaláctica

Los desafíos de la diplomacia intergaláctica

La diplomacia intergaláctica es un campo cautivador que se ocupa de las relaciones diplomáticas entre las diferentes civilizaciones del universo. La atención se centra en el intercambio de información, tecnologías y recursos, la resolución de conflictos y el establecimiento de relaciones pacíficas entre civilizaciones.

Esta disciplina tiene muchos retos que hay que superar. En particular, estas diferentes civilizaciones deberían ser capaces de comunicarse entre sí, incluso si hablan diferentes idiomas y tienen diferentes antecedentes culturales. Además, es esencial que se acerquen y tengan la capacidad de encontrar compromisos, incluso si sus intereses y necesidades difieren.

La resolución de conflictos es otro aspecto importante de la diplomacia intergaláctica. En caso de que surjan conflictos entre civilizaciones, es de suma importancia que se resuelvan de manera pacífica para evitar una escalada y posibles actos de violencia. Los intermediarios desempeñan un papel importante en este sentido, ya que median entre las partes interesadas y tratan de encontrar una solución mutuamente aceptable. La diplomacia intergaláctica está estrechamente ligada a la legislación intergaláctica. Dentro de este marco, se elaboran normas y leyes comunes que se aplican a todas las civilizaciones del universo y tienen como objetivo la coexistencia pacífica y la cooperación.

En general, la diplomacia intergaláctica es una disciplina compleja y exigente que ofrece tanto desafíos como oportunidades. Cuando las diferentes civilizaciones del universo son capaces de acercarse, comunicarse y trabajar juntas, pueden aprender unas de otras y trabajar juntas para crear un futuro mejor para todos.

Es de suma importancia que las personas involucradas en esta importante tarea no estén impulsadas por el deseo de lucro, sino que se dediquen principalmente a la comunicación, la coexistencia y la coexistencia pacífica de diferentes formas de vida. Cualquier otra cosa no funcionaría y podría conducir a conflictos, disputas y posiblemente incluso guerras. Dada nuestra incapacidad previa para visitar seres vivos en otro planeta, somos sin duda nosotros los que perderíamos tal confrontación.

La pregunta crucial es: ¿Queremos eso? La coexistencia pacífica sigue siendo la mejor base para un futuro armonioso.

Colonias espaciales

El establecimiento de estaciones espaciales especiales o colonias ofrece una oportunidad prometedora para que los humanos y las formas de vida extraterrestres vivan juntos. Podría tratarse de un esfuerzo conjunto para crear las condiciones necesarias para la supervivencia y la cooperación en un entorno común. Tales instalaciones permitirían a las diferentes especies trabajar juntas y perseguir objetivos comunes.

Sin embargo, para crear una colaboración exitosa, tanto los humanos como las formas de vida extraterrestres deben estar dispuestos a comprometerse y respetar las diferencias culturales y necesidades de los demás. Es necesario comprender las condiciones sociales y culturales que hacen posible una cooperación exitosa. Esto incluye el intercambio de información, la creación de confianza y el desarrollo de objetivos comunes.

Dicha cooperación también generaría nuevas tecnologías y conocimientos científicos, ya que las especies más diversas se beneficiarían de su experiencia y conocimientos. También brindaría la oportunidad de aprovechar los recursos del universo y abrir nuevos hábitats.

Sin embargo, también existen riesgos asociados a dicha cooperación. Pueden producirse conflictos y malentendidos cuando no se comprenden o respetan las diferencias culturales y los prejuicios.

Pueden surgir problemas de comunicación si no se entiende el idioma u otros métodos de comunicación.

Por lo tanto, la cooperación exitosa entre los humanos y las formas de vida extraterrestre requiere una gestión cuidadosa de los desafíos y oportunidades que surgen de esta situación única. Requiere la capacidad de ser abierto y comprometerse con nuevas experiencias y perspectivas para permitir una colaboración duradera y exitosa.

El establecimiento de estaciones espaciales especiales o colonias, donde los humanos y las formas de vida extraterrestres trabajan juntos para mejorar sus condiciones de vida, es otra forma de vivir juntos. Dichas estaciones o colonias podrían establecerse en zonas adecuadas del espacio y proporcionar los recursos necesarios.

En este escenario, los humanos y las formas de vida extraterrestre deben estar dispuestos a comprometerse para respetar sus diferencias culturales y necesidades. La creación de una cultura y un idioma comunes podría ser un paso importante para garantizar una cooperación fluida. También se deben establecer normas y directrices de convivencia con el fin de evitar conflictos y garantizar la seguridad de ambas especies.

La cooperación en estaciones espaciales o colonias ofrece una variedad de beneficios, incluido el intercambio de conocimientos y tecnología, el descubrimiento conjunto de nuevos conocimientos y la posible reducción de conflictos entre especies en la Tierra. Sin embargo, también hay desafíos que superar, como las diferencias culturales, las barreras lingüísticas y la adaptación a las condiciones de vida en dichas instituciones.

Garantizar la seguridad de ambas especies es de suma importancia, lo que incluye la incorporación de medidas específicas
para prevenir amenazas o daños. Además, deben establecerse
directrices para hacer frente a los posibles peligros procedentes
del espacio o de otras especies extraterrestres.

La cooperación exitosa entre los humanos y las formas de vida
extraterrestres requiere un enfoque consciente de los desafíos y
oportunidades que surgen de esta situación única. La voluntad
de aceptar y respetar las diferencias es indispensable, al mismo
tiempo que se crea una base común para la comunicación, la
cooperación y la resolución de conflictos.

Además, dicha cooperación podría tener un impacto positivo
en el desarrollo de las sociedades respectivas, ya que el intercambio de conocimientos, tecnología e ideas podría conducir a
nuevas perspectivas y a una comprensión más amplia de uno
mismo y del universo. Sin embargo, es crucial considerar cuestiones éticas que respeten los derechos y necesidades de ambas
especies y crear mecanismos para prevenir el abuso.

En general, la idea de la cooperación entre humanos y formas
de vida extraterrestres en estaciones espaciales o colonias ofrece numerosas oportunidades y desafíos. Es de suma importancia que tanto los humanos como las formas de vida extraterrestres estén dispuestos a comprometerse y tratarse mutuamente
con respeto para garantizar una cooperación exitosa y sostenible. Solo a través de la comunicación abierta, la comprensión y
la cooperación podemos dar forma a un futuro común en el
universo.

Retos y oportunidades

Vivir con formas de vida extraterrestres es una perspectiva fascinante, pero también plantea algunos desafíos y riesgos. Una forma de minimizar estos riesgos es establecer leyes y normas comunes. Esto podría garantizar que ambas especies sean tratadas de manera justa y que sus necesidades e intereses se tengan en cuenta cuando se comparen con. Esto crearía una base para una coexistencia armoniosa y reduciría los posibles conflictos.

Otro aspecto importante a tener en cuenta cuando se vive con formas de vida extraterrestres es la cuestión de la compatibilidad biológica. Es posible que las diferencias biológicas entre las especies sean tan significativas que no puedan sobrevivir en el mismo entorno. En tal caso, habría que tomar adaptaciones y precauciones especiales para permitir una coexistencia exitosa.

Está claro que la humanidad puede no ser la especie tecnológicamente más avanzada del universo. Podría haber formas de vida alienígenas que son muy superiores en términos de tecnología, conocimiento y habilidades. En tal escenario, tendríamos que adaptarnos con flexibilidad a las nuevas circunstancias y prepararnos para los desafíos que surgen de tal constelación.

Se puede decir que convivir con formas de vida extraterrestres conlleva tanto oportunidades como riesgos.

La humanidad debe prepararse para los efectos potenciales del contacto con vida extraterrestre mediante el desarrollo de estrategias y protocolos para enfrentar con éxito estos desafíos. Al mismo tiempo, debemos centrar nuestra atención en las oportunidades que podrían surgir de la cooperación con otras especies del universo. Esto abre la posibilidad de ampliar nuestro conocimiento para dar forma a un futuro común en el espacio.

Enfermedades y virus

Enfermedades y virus: Un reto en contacto con extraterrestres

Cuando se trata de contacto con vida extraterrestre, debemos centrarnos no solo en las emocionantes perspectivas y oportunidades, sino también en los riesgos y desafíos potenciales. Una de las cuestiones críticas que surgen al convivir y trabajar con extraterrestres es la posible transmisión de enfermedades.

Las diferencias biológicas entre nuestra especie y las formas de vida extraterrestres podrían ser significativas. Estos incluyen no solo diferencias en la anatomía, sino también en el sistema inmunológico y los procesos biológicos. Estas diferencias podrían significar que los patógenos que son inofensivos para una especie podrían ser devastadores para otra. A lo largo de la historia de la humanidad, hemos aprendido lo susceptibles que somos a las infecciones, ya sean bacterias, virus u otros patógenos. La idea de que podríamos estar expuestos a patógenos potencialmente peligrosos cuando entramos en contacto con extraterrestres es inquietante.

El reto no es solo identificar los riesgos, sino también desarrollar medidas para minimizarlos.

Estos son algunos enfoques posibles:
 Cuarentena y aislamiento: Antes de que se produzca el contacto directo entre humanos y extraterrestres, puede ser necesario desarrollar y aplicar medidas de cuarentena y protocolos de ais-

lamiento. Esto ayudaría a prevenir la posible propagación de enfermedades y virus, al tiempo que liberaría tiempo para estudiar las diferencias biológicas.

Desarrollo de vacunas: La investigación y el desarrollo de vacunas que protejan tanto a humanos como a extraterrestres podrían ser una medida crucial. Esto requiere una comprensión profunda de las diferencias biológicas y las similitudes entre las especies.

En términos de salud, sin embargo, vuelve a surgir la pregunta: si hay seres capaces de visitar otros planetas, no cabe duda de que sus investigaciones están mucho más avanzadas que las nuestras. Es poco probable que nuestros esfuerzos actuales para desarrollar vacunas, ya sea para extraterrestres o para nosotros mismos, tengan un impacto significativo en este momento. Si estos seres son capaces de atravesar galaxias, es seguro que cuentan con métodos avanzados para proteger su propia salud.

Sin duda, pasarán décadas antes de que la humanidad pueda desarrollar vacunas contra posibles enfermedades desde el espacio. Mientras tanto, solo podemos esperar que los seres extraterrestres que nos visiten ya tengan medidas y tecnologías avanzadas de protección de la salud para minimizar el riesgo de transmisión de enfermedades.

Visitas extraterrestres

Spekulationen und Diskussionen

¿Mito o realidad?

Durante décadas, han circulado especulaciones y discusiones sobre posibles visitantes extraterrestres en la Tierra. Muchas personas afirman haber presenciado avistamientos de ovnis y encuentros extraterrestres, mientras que otras descartan estas narrativas como pura fantasía o malentendidos. Desafortunadamente, la evidencia científica o los hechos claros no están disponibles públicamente para los visitantes extraterrestres.

Los defensores de una presencia extraterrestre argumentan que hay numerosos testimonios de individuos creíbles que informan de encuentros con formas de vida extraterrestres. Señalan fenómenos inexplicables como avistamientos de ovnis, informes de abducciones y misteriosas formaciones de círculos en los campos. Estas personas creen que las civilizaciones extraterrestres ya han visitado la Tierra e incluso pueden haber hecho contacto con la población humana.

En contraste, los escépticos argumentan que la mayoría de los avistamientos de ovnis y los informes de encuentros se deben a fenómenos naturales, ilusiones ópticas o malas interpretaciones. Enfatizan que no hay evidencia verificable de la existencia de formas de vida extraterrestres, y que el testimonio por sí solo no es suficiente para respaldar estas afirmaciones. La comunidad científica no reconoce pruebas concluyentes de visitas o contactos extraterrestres en la Tierra.

Sin embargo, la búsqueda de vida extraterrestre es un campo activo de investigación, que incluye el estudio de los exoplanetas y el análisis de las señales de radio desde el espacio. Ante esta controversia, es recomendable mantener una actitud abierta y crítica. Es importante revisar la información cuidadosamente y no sacar conclusiones apresuradas. Cada uno debe formar sus propias creencias basándose en la evidencia disponible y la evidencia científica.

La búsqueda de vida extraterrestre inteligente es un foco de la astronomía y la astrobiología. Los investigadores están buscando activamente signos de vida extraterrestre en el universo. El descubrimiento de exoplanetas ubicados en la zona habitable alrededor de sus estrellas ha aumentado las esperanzas de la existencia de entornos habitables. Algunos argumentan que la diversidad del universo hace probable que también haya otros planetas viables. Otros, sin embargo, señalan que el surgimiento de la vida es un proceso complejo que puede ocurrir raramente.

La cuestión de los contactos y la comunicación con civilizaciones extraterrestres también es controvertida. Hay afirmaciones de que SETI (Búsqueda de Inteligencia Extraterrestre) ya ha recibido señales o mensajes potenciales desde el espacio. Sin embargo, a menudo se dudan de tales interpretaciones. También se podría discutir la posibilidad de malentendidos o diferentes formas de comunicación entre diferentes formas de vida.

Otra controversia surge debido a la discusión sobre posibles encubrimientos y secretismo por parte de los gobiernos. Algunos creen que los gobiernos de todo el mundo retienen información sobre las visitas extraterrestres para evitar el pánico u otros efectos negativos en la sociedad. Otros argumentan que tales teorías de conspiración son infundadas y que los gobiernos no tienen evidencia de contacto extraterrestre.

Estas controversias son y seguirán siendo objeto de discusión e investigación. Dado que no hay evidencia concluyente de contacto extraterrestre, es recomendable mantener un enfoque crítico y racional.

Sin embargo, surge la pregunta de por qué los gobiernos mantienen las imágenes y los testimonios bajo llave durante 50 años cuando supuestamente no hay contacto extraterrestre. Igualmente desconcertante es el hecho de que los oficiales militares de alto rango sean amenazados con la cárcel si rompen este secreto. Esta falta de transparencia es incomprensible para muchas personas. Sin embargo, una cosa es cierta: cuanto más secretos se hacen, más intensamente se discuten e investigan. La apertura a nuevas informaciones y el examen respetuoso de los diferentes puntos de vista permiten una discusión en profundidad sobre este fascinante tema.

Testigos oculares, avistamientos de ovnis

Proyecto Das Libro Azul (1952 -1969)

El "Proyecto Libro Azul" fue un proyecto de investigación real de la Fuerza Aérea de los EE. UU. que se ocupó de avistamientos de ovnis e informes de objetos voladores no identificados. El proyecto se puso en marcha en 1952 y duró hasta 1969. Durante este tiempo, el "Proyecto Libro Azul" investigó y documentó varios miles de avistamientos e incidentes de ovnis. Me gustaría presentar este proyecto en un estudio de caso, ya que es uno de los programas más conocidos y completos para el estudio de los avistamientos de ovnis y encuentros extraterrestres. Además, tengo la intención de utilizarlo como ejemplo para ilustrar la forma en que los gobiernos recopilan, investigan y evalúan esos informes.

Proyecto Libro Azul

Antecedentes:

El "Proyecto Libro Azul" fue un proyecto de investigación estadounidense lanzado por la Fuerza Aérea de los Estados Unidos en 1952. Su objetivo principal era recopilar, investigar y clasificar avistamientos de ovnis e informes de objetos voladores no identificados. Durante su existencia, miles de informes de este tipo han sido presentados por ciudadanos, pilotos, personal militar y otras fuentes.

Objetivos y enfoque:

Los objetivos del "Proyecto Libro Azul" eran diversos. Se debe determinar si los OVNIs representan una amenaza potencial para la seguridad nacional y también se debe intentar aclarar la naturaleza y el origen de los OVNIs reportados. El proyecto empleó a astrónomos, ingenieros, psicólogos y otros expertos para analizar los avistamientos reportados.

Resultados y conclusiones:

Durante su existencia, el "Proyecto Libro Azul" examinó miles de informes de ovnis. La mayoría de estos informes fueron identificados como fenómenos naturales, ilusiones ópticas, globos o interpretaciones erróneas. Solo un pequeño número de casos permanecieron clasificados como "no identificados", lo que significa que no se pudo encontrar una explicación concluyente. Sin embargo, el proyecto concluyó que los ovnis no representaban una amenaza para la seguridad nacional y que no había evidencia convincente de visitantes extraterrestres

Críticas y controversia:

El "Proyecto Libro Azul" ha sido acusado a menudo por los críticos de encubrir informes y de no ser objetivos. Muchos entusiastas de los ovnis creían que el gobierno de los Estados Unidos estaba reteniendo información sobre contactos extraterrestres. El cierre del Proyecto Libro Azul en 1969 contribuyó a la controversia en curso.

Importancia:

El "Proyecto Libro Azul" sigue siendo un importante caso de estudio en la historia de la investigación OVNI. Muestra cómo los gobiernos han lidiado con los informes de avistamientos de ovnis y encuentros extraterrestres. La discusión sobre la divulgación de documentos secretos del gobierno y la investigación de incidentes OVNI continuó durante décadas y sigue siendo un tema de gran interés para el público hasta el día de hoy.

Los Doce Majestuosos (fundado en 1947)

Antecedentes:

Los Majestuosos Doce, o MJ-12 para abreviar, es un grupo secreto de científicos, personal militar y funcionarios gubernamentales que supuestamente fue fundado en 1947 después del Incidente de Roswell. Se dice que el presidente Harry S. Truman lo creó por orden ejecutiva. Su objetivo principal era estudiar y gestionar el fenómeno de la presencia extraterrestre en la Tierra. El incidente de Roswell se relaciona con el supuesto accidente de una nave espacial alienígena en Roswell, Nuevo México. La existencia del MJ-12 fue reclamada por primera vez en 1984 a través de documentos filtrados, lo que ha llevado a una continua controversia y especulación sobre su autenticidad.

Objetivos y Enfoque:

El MJ-12 debería iniciar y asegurar la comunicación y cooperación con civilizaciones extraterrestres. El grupo se ha encargado de recopilar, clasificar y proteger toda la información sobre avistamientos de ovnis, accidentes alienígenas y tecnología alienígena. Los miembros del MJ-12 estaban obligados a mantener un estricto secreto y tenían acceso a información de alta calidad. Se especula que el MJ-12 también fue responsable de estudiar la biología extraterrestre y las posibles amenazas de civilizaciones extraterrestres. El funcionamiento exacto y especialmente la composición del MJ-12 han sido durante mucho tiempo objeto de controversia y especulación.

Resultados y conclusiones:

La autenticidad del MJ-12 y los documentos asociados siguen siendo objeto de una intensa controversia en la actualidad. Los defensores argumentan que los documentos filtrados son documentos reales del gobierno y confirman la existencia del grupo.

Los escépticos, por otro lado, afirman que los documentos fueron falsificados y son parte de una amplia campaña de desinformación. El gobierno de los Estados Unidos siempre ha negado que el MJ-12 exista. Sin embargo, no hay evidencia concluyente de que MJ 12 haya existido o aún exista. La mayoría de los investigadores y científicos ven las afirmaciones sobre este grupo secreto con escepticismo, citando la falta de pruebas sólidas. Es importante reconocer las discrepancias y las diferentes posiciones respecto al MJ-12 y continuar buscando nueva información y declaraciones oficiales.

Críticas y controversia:

La controversia que rodea al MJ-12 gira principalmente en torno a la autenticidad de los documentos filtrados y las afirmaciones de que los miembros del grupo han mantenido el más estricto secreto. El gobierno de los Estados Unidos ha negado la existencia del MJ-12, alegando que los documentos son falsos. La persistencia de los políticos en negar algo que supuestamente no existe durante décadas es un asunto fascinante y a menudo frustrante. Especialmente en la era del comienzo del tercer milenio, en la que los avances tecnológicos permiten un nivel sin precedentes de vigilancia y documentación, se hace cada vez más difícil negar cosas que ya han sido registradas.

Significado:

La historia del MJ-12 sigue siendo un capítulo fascinante en el mundo de los ovnis y las teorías de conspiración. Ilustra la continua fascinación y desconfianza que rodea el posible encubrimiento de información sobre contactos extraterrestres por parte de los gobiernos. El MJ-12 sirve como un estudio de caso de cómo las teorías de conspiración pueden surgir y persistir a pesar de la falta de evidencia. Pero tampoco se puede negar que

The Majestic Twelve sigue siendo un capítulo controvertido y misterioso en el mundo de las teorías de ovnis y conspiraciones. A pesar de la controversia y la especulación en curso, no hay evidencia convincente que respalde la existencia de este grupo secreto. Sigue siendo un ejemplo fascinante de cómo el secreto y las teorías de conspiración pueden funcionar en el mundo de los ovnis y los encuentros extraterrestres.

En conclusión, cabe señalar que la discusión sobre el MJ-12 continúa intensamente. La falta de pruebas claras y la controversia en torno a los documentos filtrados dejan espacio para la especulación y las diferentes opiniones. Corresponde a cada individuo evaluar la información disponible y sacar sus propias conclusiones. En vista del progreso constante en la tecnología y la investigación, es de esperar que los futuros descubrimientos y hallazgos puedan contribuir a una mayor clarificación. Es importante estar abierto a nueva información y continuar cuestionando críticamente para obtener una comprensión integral de la posible presencia extraterrestre en la Tierra.

Es hora de que cada individuo piense en ello y saque sus propias conclusiones.

¿Quiénes son los MJ-12?

Es extremadamente extraño que esta organización sea negada persistentemente. Al mismo tiempo, las 12 personas están más o menos asociadas con el MJ-12. Si está interesado en este tema, debe esperar que no reciba ninguna o muy poca información. Sin embargo, uno también debería estar satisfecho con el conocimiento de que hay una nota "sin conexión conocida con el MJ-12".

La pregunta que surge aquí es: si no hay conexión, ¿por qué hay tanto énfasis en enfatizar que no hay conexión?

 La persistencia de los políticos en negar algo que supuestamente no existe durante décadas es un asunto fascinante y a menudo frustrante. Especialmente en la era del comienzo del tercer milenio, cuando los avances tecnológicos permiten un nivel sin precedentes de vigilancia y documentación, se hace cada vez más difícil negar cosas que ya han sido registradas.

Fotos, videos y muchas otras pruebas de fenómenos como OVNIs/UAPs son ahora omnipresentes. Esta evidencia no puede ser simplemente ignorada o descartada como falsa. La abundancia de información pública y la cantidad cada vez mayor de nuevas pruebas hacen que sea cada vez más improbable que se puedan mantener en secreto aspectos importantes de estas cuestiones.

Parece que los políticos y ciertos círculos gubernamentales a menudo tienen interés en negar o minimizar la existencia de tales fenómenos. Pero cuanta más evidencia sale a la luz y más personas se interesan en estos temas, más difícil se vuelve mantener esta actitud.

Incluso hay especulación acerca de organizaciones secretas como el MJ12 que supuestamente existen o han existido y que potencialmente podrían tener una influencia directa en la política y gestión de la información sobre OVNIs/UAPs. La creciente cantidad de información y pruebas podría llevar a que estos secretos salgan a la luz y a que cambie la posición oficial sobre estas cuestiones.

¿Quiénes son los MJ-12?

Lloyd Berkner – Ph.D. en Física
Fecha de nacimiento: 1 de agosto de 1905 -04 de junio de
1967
Educación: B.S. en Ingeniería Eléctrica y Ph.D. en Física
Ocupación: Consultor en temas científicos y técnicos, incluso
para el gobierno de los Estados Unidos.
Contexto del MJ-12: No se conoce oficialmente ninguna co-
nexión entre Lloyd Berkner y el MJ-12.

Detlev Bronk – MD y Ph.D. en Fisiología
Nacimiento: 13 de agosto de 1897 – 17 de noviembre de 1975
Educación: M.D. y Ph.D. en Fisiología
Laboral: Presidente de la Universidad Rockefeller, asesor
científico del gobierno de los Estados Unidos.
Contexto del MJ-12: No se conoce oficialmente ninguna co-
nexión entre Detlev Bronk y el MJ-12.

Vannevar Bush – Ph.D. en Ingeniería
Fecha de nacimiento: 11 de marzo de 1890 – 28 de junio de
1974
Educación: B.S. en Ingeniería Eléctrica y Ph.D. en Ingeniería
Ocupación: Científico e ingeniero, director de la Oficina de
Investigación Científica y Desarrollo durante la Segunda Guer-
ra Mundial.
Contexto del MJ-12: Se especula que Vannevar Bush pudo ha-
ber estado conectado con el MJ-12, pero no hay evidencia di-
recta de ello.

James Forrestal – Licenciado en Derecho

Fecha de nacimiento: 15 de febrero de 1892 – 22 de mayo de 1949

Educación: Licenciado en Economía y Doctor en Derecho

Trabajo: Secretario de la Marina de los Estados Unidos, primer Secretario de Defensa de los Estados Unidos. Contexto del MJ-12: Hay alegaciones de que Forrestal estaba al tanto de los OVNIs y posiblemente del MJ-12. Sin embargo, no hay pruebas claras de ello.

Gordon Gray – B.A. en Derecho

Nacimiento: 30 de mayo de 1909 – 26 de noviembre de 1982

Educación: B.A. en Derecho

Trabajo: Oficial del Ejército de los EE. UU., Secretario de Estado del Ejército, Director de la Oficina de Movilización de Defensa.

Contexto del MJ-12: No se conoce oficialmente ninguna conexión entre Gordon Gray y el MJ-12.

Roscoe H. Hillenkoetter – B.S. en Ingeniería

Mecánica Nacimiento: 8 de mayo de 1897 – 18 de junio de 1982

Educación: B.S. en Ingeniería Mecánica

Trabajo: Primer Director de la CIA.

Contexto del MJ-12: Hillenkoetter a menudo se asocia con las teorías de conspiración OVNI y MJ-12, pero no hay evidencia concreta de su participación.

Jerome Clarke Hunsaker – B.S. en Ingeniería Eléctrica y Aeronáutica

Cumpleaños: 26 de agosto de 1886 – 10 de septiembre de 1984

Educación: B.S. en Ingeniería Eléctrica y Aeronáutica Ocupación: Ingeniero aeronáutico, profesor en el MIT. Contexto del MJ-12: No se conoce oficialmente ninguna conexión entre Jerome Clarke Hunsaker y el MJ-12.

Donald H. Menzel – Ph.D. en Astrofísica
Nacimiento: 11 de abril de 1901 – 14 de marzo de 1976
Educación: Ph.D. en Astrofísica Trabajo: Profesor de Astrofísica en la Universidad de Harvard.
Contexto del MJ-12: Menzel era un conocido escéptico del fenómeno OVNI y supuestamente no tenía ninguna conexión con el MJ-12.

Robert M. Montague:
Cumpleaños: 7 de agosto de 1899 – 20 de febrero de 1958
Educación: Academia Militar de los Estados Unidos
Trabajo: General de tres estrellas, comandante de la Base Sandia MJ-12
Contexto: No se conoce oficialmente ninguna conexión entre Robert M. Montague y el MJ-12.

Sidney Souers – B.A.
Nacimiento: 30 de marzo de 1892 – 14 de enero de 1973
Educación: B.A. en Derecho
Trabajo: Primer Director del Grupo Central de Inteligencia (predecesor de la CIA).
Contexto del MJ-12: Se especula que Souers pudo haber estado involucrado en la investigación OVNI, pero no hay evidencia clara de una conexión con el MJ-12.

Nathan F. Twining – B.S.

Cumpleaños: 11 de octubre de 1897 – 29 de marzo de 1982

Educación: B.S. en ingeniería mecánica

Trabajo: Oficial de la Fuerza Aérea de los EE. UU., Jefe del Comando de Material de la Fuerza Aérea.

Contexto del MJ-12: El entrelazamiento se menciona a menudo en los círculos OVNI, pero no hay evidencia clara de su participación en el MJ-12.

Hoyt Vandenberg – BA

Nacimiento: 24 de enero de 1899 – 2 de abril de 1954

Educación: B.A. en Ingeniería Eléctrica

Ocupación: Oficial de la Fuerza Aérea de los EE. UU., Segundo Jefe de Estado Mayor de la Fuerza Aérea.

Contexto del MJ-12: No se conoce oficialmente ninguna conexión entre Hoyt Vandenberg y el MJ-12.

Incidente OVNI de Kecksburg (1965)

Antecedentes:

El incidente OVNI de Kecksburg ocurrió el 9 de diciembre de 1965 en la pequeña ciudad de Kecksburg, Pensilvania, EE. UU. Fue un incidente en el que un objeto volador no identificado cayó del cielo y aterrizó en una zona boscosa. Testigos presenciales informaron que el objeto tenía una estructura metálica en forma de bellota y estaba decorado con jeroglíficos o símbolos.

Curso del incidente:

El incidente comenzó cuando varios residentes de Kecksburg vieron una bola de fuego en llamas en el cielo alrededor de las 4:45 p.m., que aparentemente se había estrellado. Poco después, se produjo una explosión que se escuchó en las comunidades aledañas. Se alertó a las autoridades locales y se inició la búsqueda del origen del accidente. Un grupo de testigos, entre ellos periodistas y rescatistas, llegaron al lugar del accidente en una zona boscosa cerca de Kecksburg. Encontraron un objeto metálico con forma de bellota clavado en el suelo y que emitía humo. Los jeroglíficos del objeto han sido descritos por algunos testigos.

Reacción a las autoridades:
 Tanto la policía como el ejército se movilizaron rápidamente en el lugar. Los residentes de Kecksburg y los testigos presenciales fueron rechazados por las autoridades, y los soldados se llevaron el objeto. Las declaraciones de las autoridades variaron a lo largo del tiempo. Inicialmente, se informó que se trataba de un "avión que se estrelló contra las llamas", pero esta declaración fue revisada posteriormente. Los militares declararon que, de hecho, se trataba de un "objeto volador no identificado", pero que no representaba ninguna amenaza.

Reacción a las autoridades:
 Tanto la policía como el ejército se movilizaron rápidamente en el lugar. Los residentes de Kecksburg y los testigos presenciales fueron rechazados por las autoridades, y los soldados se llevaron el objeto. Las declaraciones de las autoridades variaron a lo largo del tiempo. Inicialmente, se informó que se trataba de un "avión que se estrelló contra las llamas", pero esta declaración fue revisada posteriormente. Los militares declararon que, de hecho, se trataba de un "objeto volador no identificado", pero que no representaba ninguna amenaza.

Importancia:

El incidente OVNI de Kecksburg sigue siendo un ejemplo bien conocido de un incidente que involucra OVNIs y encuentros no terrestres. Muestra cómo las autoridades manejan este tipo de incidentes y cómo lo percibe el público. La controversia en curso en torno a este incidente también ilustra cómo las teorías de conspiración y la especulación pueden surgir y persistir en el mundo de la investigación OVNI.

Resultado:

El incidente OVNI en Kecksburg sigue siendo un incidente misterioso en el que un objeto volador no identificado se estrelló en un pequeño pueblo, lo que plantea muchas preguntas. A pesar de la especulación y la controversia, todavía no hay evidencia concluyente de la verdadera naturaleza de este evento. El estudio de caso permite arrojar luz sobre el incidente en el contexto de la discusión sobre los encuentros extraterrestres y presentar los puntos de vista, conclusiones y controversias relacionadas con este incidente.

Rudloe Manow (1974)

Antecedentes:

Rudloe Manow es una pequeña aldea cerca de Corsham, Wiltshire, Inglaterra. Está cerca del misterioso y fuertemente protegido Ministerio de Defensa de Gran Bretaña, también conocido como el Edificio Principal del Ministerio de Defensa. Además de las cámaras, toda la zona está asegurada por una enorme valla de alambre de púas y policías militares adicionales.

Es inexplicable por qué esta zona sigue estando tan vigilada hoy en día, cuando supuestamente no se realizan más exámenes.

Se trata de un edificio que alberga pasajes subterráneos e instalaciones, similar al Área 51. Y los preastronautas sospechan que las tecnologías extraterrestres y posiblemente incluso las criaturas extraterrestres están siendo estudiadas en este campo. En las últimas décadas, Rudloe Manow ha entrado en contacto con varias teorías OVNI y de conspiración, especialmente en relación con supuestas actividades del Ministerio de Defensa.

Informes de avistamientos de ovnis:
Hay informes de residentes y visitantes de la zona que afirman haber visto ovnis sobre Rudloe Manow y sus alrededores. Algunos de estos informes sugieren que los avistamientos de ovnis pueden haber tenido lugar cerca del Ministerio de Defensa. Estos avistamientos se basan en gran medida en el testimonio de testigos y no están respaldados por pruebas científicas fiables.

Teorías de conspiración:
Rudloe Manow a menudo se representa en las teorías de conspiración como un lugar donde el Ministerio de Defensa supuestamente almacena restos de ovnis y otras pruebas de actividad extraterrestre. Algunas teorías afirman que el ejército británico ha estado llevando a cabo investigaciones secretas sobre tecnología extraterrestre. Sin embargo, no hay evidencia pública que respalde estas afirmaciones.

Ministerio de Defensa y Mansión Rudloe:

El Ministerio de Defensa ha utilizado la aldea de Rudloe Manow y la Mansión Rudloe asociada en el pasado. Sin embargo, el ministerio ha enfatizado repetidamente que no tiene contactos extraterrestres ni restos de ovnis en su poder. Oficialmente, la mansión de Rudloe se utilizaba principalmente para el almacenamiento de documentos y la coordinación de medidas de emergencia.

Rudloe Manow es un lugar que a menudo se asocia con ovnis y teorías de conspiración. A pesar de los numerosos informes y teorías, no hay evidencia convincente de actividad extraterrestre o avistamientos de ovnis en esta área. Sin embargo, la conexión con el Ministerio de Defensa y el secretismo asociado a esta institución han alimentado aún más las especulaciones. Hay que acercarse a la observación de lugares como Rudloe Manow con una sana mezcla de curiosidad, escepticismo e interés. Mantenga un enfoque crítico y confíe en fuentes y pruebas fiables. La historia y las controversias que rodean a Rudloe Manow son un ejemplo de cómo pueden surgir rumores y teorías conspirativas sobre más de encuentros terrenales, incluso en ausencia de pruebas concretas.

Crisis de los misiles nucleares de Malmstrong (1967)

La crisis de los misiles nucleares Malmstrom en marzo de 1967 fue un evento notable en el que varios misiles balísticos intercontinentales con armas nucleares fueron interrumpidos en la Base de la Fuerza Aérea Malmstrom en Montana, Estados Unidos. En relación con este incidente, ha habido afirmaciones de que los ovnis son capaces de desactivar todas las armas nucleares. Este estudio de caso examina los eventos de la crisis de los misiles nucleares Malmstrom y las afirmaciones sobre la posible intervención de ovnis.

Antecedentes:

La Base de la Fuerza Aérea Malmstrom fue una instalación de importancia estratégica durante la Guerra Fría que albergaba misiles intercontinentales con ojivas nucleares. El 16 de marzo de 1967 comenzaron incidentes inusuales, durante los cuales varios misiles fueron destruidos en la base. Estos incidentes despertaron especulaciones y sospechas sobre una posible influencia extraterrestre.

Acontecimientos de la crisis de los misiles nucleares de Malmstrom:

En la noche del 16 de marzo de 1967, se activaron las alarmas en la Base de la Fuerza Aérea de Malmstrom. Se envió personal de seguridad y equipos de mantenimiento para determinar la causa de las averías. Durante estas investigaciones, se reportaron varios informes de avistamientos de objetos voladores no identificados (OVNIs) en las cercanías de la base. De particular interés fue el informe de un gran objeto rojo flotando sobre la puerta de entrada de la base. Se afirmó que después de avistar este objeto, se apagó un panel de control tras otro en las instalaciones de lanzamiento de misiles. Estos eventos atrajeron mucha atención y llevaron a especulaciones sobre la posible intervención de ovnis y su capacidad para desactivar armas nucleares.

Reacciones y secretismo:

Según los informes, se obligó a los empleados de alto rango de la Base de la Fuerza Aérea de Malmstrom que presenciaron estos incidentes a firmar una cláusula de confidencialidad. Se alegó que esta cláusula les impedía hablar de los acontecimientos y compartir sus observaciones con el público. Sin embargo, los detalles exactos y el alcance de este secreto no se conocen en su totalidad.

Discusión sobre la interferencia OVNI y la desactivación de armas nucleares:

La afirmación de que los OVNIs son capaces de desactivar todas las armas nucleares se basa en los eventos de la crisis de los misiles nucleares Malmstrom. Sin embargo, no ha habido confirmación oficial de esta afirmación. Las investigaciones y análisis del incidente no han proporcionado hasta ahora una explicación clara del mal funcionamiento de los misiles.

Existen varias teorías e hipótesis para explicar estos incidentes. Algunos sospechan de problemas técnicos que podrían haber dado lugar a los fenómenos observados. Estos incluyen, por ejemplo, fallos en los sistemas de comunicación de los misiles nucleares o fallos en los paneles de control. Otra teoría es que la interferencia electromagnética de fuentes externas, como objetos voladores no identificados, puede haber provocado los apagados.

También se especuló sobre la influencia extraterrestre. Algunos creen que los ovnis observados fueron capaces de desactivar armas nucleares de manera selectiva, ya sea a través de tecnologías avanzadas o mediante la manipulación de campos de energía. Esta hipótesis se basa en el testimonio de empleados de alto rango que afirman haber visto un gran objeto rojo sobre la puerta de entrada antes de que se produjeran los cierres.

Se asumió que estos testimonios no se hicieron públicos debido a la cláusula de confidencialidad. En cualquier caso, cabe destacar que no hay pruebas claras de interferencia extraterrestre u otros problemas técnicos que puedan explicar la crisis de los misiles nucleares Malmstrom. Las causas exactas siguen siendo controvertidas y objeto de especulación hasta el día de hoy. El incidente sigue siendo un caso interesante y controvertido en el contexto de los avistamientos de ovnis y los posibles efectos en las instalaciones militares.

La crisis de los misiles nucleares de Malmstrom ha llevado a que se preste mayor atención al fenómeno de los avistamientos de ovnis y su posible impacto en las instalaciones relevantes para la seguridad. También ha provocado una discusión más amplia sobre la existencia de vida extraterrestre y su impacto en la civilización humana. Los investigadores, los entusiastas de los ovnis y el público continúan lidiando con este caso con el fin de obtener más claridad sobre los eventos de Malmstrom y encontrar posibles explicaciones.

Incidente de Roswell (1947)

El incidente de Roswell en julio de 1947 cerca de la ciudad de Roswell, Nuevo México, es un incidente inesperado en la historia de los avistamientos de ovnis. Este suceso desencadenó una ola de especulaciones, teorías conspirativas e investigaciones. Este estudio de caso arroja luz sobre el incidente de Roswell y sus complejos aspectos.

Eventos:
El 2 de julio de 1947, un objeto volador desconocido se estrelló en la tierra del granjero Mac Brazel. Las autoridades loca-

les se dieron cuenta del incidente y se llamó a la Fuerza Aérea. Inicialmente se publicó un comunicado de prensa que hablaba de la recuperación de un "disco volador". Sin embargo, esta explicación fue revisada más tarde, y el objeto estrellado fue identificado como un globo meteorológico.

Controversia y teorías conspirativas:
Después de que el incidente de Roswell fuera declarado oficialmente como un globo meteorológico, surgieron rumores y especulaciones sobre un posible encubrimiento por parte del gobierno. Los teóricos de la conspiración afirmaron que el objeto estrellado era en realidad una nave espacial alienígena y que el gobierno estaba tratando de mantener en secreto la existencia de vida extraterrestre. Estas teorías condujeron a intensas discusiones e investigaciones adicionales sobre el incidente.

Testimonios y relatos de testigos:
A lo largo de los años, varios testigos y testigos oculares han afirmado haber visto restos extraterrestres, criaturas raras y actividades militares secretas en relación con el incidente de Roswell. Estas declaraciones condujeron a más especulaciones e investigaciones para revelar la verdad detrás de los eventos en Roswell.

En relación con el incidente de Roswell, también hay informes de testigos que afirman haber visto seres o cadáveres inusuales. A veces se menciona a una enfermera llamada "Naomi Self" en estos informes. Se dice que afirmó haber visto una criatura con tres dedos. Sin embargo, hay poca información verificable sobre Naomi Self, y algunos aspectos de su historia son muy discutidos.

Algunas fuentes afirman que "Naomi Self" nunca fue vista de nuevo después de su supuesta declaración. Esta afirmación se suma al mito y al secretismo que rodea el incidente de Roswell. Sin embargo, no hay pruebas verificables de la desaparición de "Naomi Self" ni de sus supuestas declaraciones.

Investigaciones oficiales:

En los años posteriores al incidente, la Fuerza Aérea de los Estados Unidos realizó varias investigaciones para esclarecer el incidente. El más famoso fue el "Informe Roswell" de 1994, en el que la Fuerza Aérea volvió a investigar el incidente y concluyó que el objeto estrellado era en realidad un globo espía como parte del Proyecto Mogul. Sin embargo, esta declaración no pudo disipar por completo todas las dudas y preguntas de los críticos y teóricos de la conspiración.

Impacto y significado:

El incidente de Roswell ha tenido un impacto significativo en la investigación OVNI, la cultura popular y las percepciones públicas de la vida extraterrestre. Ha llevado a una mayor atención a los avistamientos de ovnis y posibles encubrimientos gubernamentales. El incidente también ha reavivado el debate sobre la existencia de vida extraterrestre y la posibilidad de visitas extraterrestres a la Tierra. Para algunos, el incidente de Roswell es una evidencia importante de la existencia de inteligencia extraterrestre y el encubrimiento por parte de las agencias gubernamentales. Por otro lado, hay escépticos y críticos que buscan explicaciones alternativas para el incidente. Argumentan que la exageración en torno a Roswell se basa en gran medida en malentendidos, malas interpretaciones e informes sensacionalistas. Subrayan la importancia de los hechos y las explicaciones científicas, como el globo meteorológico del proyecto 'Mogul', para explicar el incidente. Para ellos, el incidente de Roswell no es más que un ejemplo de histeria colectiva y conspiración.

El Incidente de Roswell de 1947 sigue siendo un evento fascinante y controvertido hasta el día de hoy. Las diversas teorías,
testimonios e investigaciones han llevado a una discusión continua sobre la existencia de vida extraterrestre y el encubrimiento
por parte de las agencias gubernamentales. Aunque las declaraciones oficiales descartan el incidente como un globo meteorológico, muchas personas se aferran a la creencia de que Roswell es evidencia de vida extraterrestre. El incidente ha alimentado el debate sobre los ovnis y las visitas extraterrestres a la
Tierra y continúa influyendo en la cultura popular y las percepciones públicas de la vida extraterrestre. En el Área 51 se está
investigando tecnología extraterrestre. Mucha gente es de esta
opinión. Porque en cuanto te acercas, te amenazan con armas
hombres armados con trajes de camuflaje. ¿Qué es lo que realmente se está protegiendo? ¿Un globo meteorológico?

Luces de Fénix (1997)

Las Luces de Fénix son un conocido fenómeno OVNI que
ocurrió sobre la ciudad de Phoenix, Arizona, en marzo de
1997. El incidente atrajo la atención mundial y dio lugar a un
debate en curso sobre la naturaleza de las luces observadas y su
origen. En este estudio de caso, se examinan con más detalle
los eventos de las Luces del Fénix y se discuten varias teorías y
explicaciones.

Antecedentes:
 En la noche del 13 de marzo de 1997, miles de personas en las
cercanías de Phoenix observaron fenómenos de luz inusuales
en el cielo. Las luces tenían una formación en V y se movían
lentamente por el cielo. Los testigos los describieron como

enormes objetos triangulares o platillos voladores. Los avistamientos duraron varias horas y fueron fotografiados y grabados en video por muchas personas.

Testimonios y pruebas:

Existen numerosos testimonios de ciudadanos, entre policías y pilotos, que observaron las luces. Muchos de los testigos informaron de un movimiento silencioso de los objetos y de un tamaño impresionante. Hay una gran cantidad de material fotográfico y de video que documenta los fenómenos lumínicos.

Declaraciones oficiales:

Las autoridades de Phoenix reaccionaron inicialmente con cautela a los informes, explicando las luces como bengalas o munición de señal disparada durante los ejercicios militares. Sin embargo, estas explicaciones no pudieron explicar todas las observaciones y el impresionante tamaño de las luces. Más tarde, las autoridades cambiaron sus declaraciones y explicaron que se trataba de luces de Bengala lanzadas por aviones sobre el área de entrenamiento de Barry M. Goldwater Range.

Explicaciones alternativas y teorías OVNI:

A pesar de las explicaciones oficiales, existen numerosas teorías alternativas y especulaciones sobre las Luces Fénix. Algunos entusiastas e investigadores de ovnis consideran que las luces son naves espaciales extraterrestres o tecnologías militares avanzadas. Argumentan que las autoridades encubrieron deliberadamente el incidente para ocultar la existencia de inteligencias extraterrestres. Los críticos, por otro lado, ven las Luces Fénix como el producto de la histeria colectiva, las malas interpretaciones o los fenómenos atmosféricos.

Efectos y consecuencias:

Las Luces del Fénix han desencadenado una amplia cobertura mediática y han llevado a una mayor atención en torno a los fenómenos OVNI. El incidente también ha alimentado el debate sobre la divulgación de documentos gubernamentales sobre ovnis y vida extraterrestre. Los eventos de conmemoración se llevan a cabo anualmente en Phoenix, donde personas se reúnen para hablar sobre sus observaciones y experiencias.

Las Luces Fénix continúan fascinando a los entusiastas e investigadores de ovnis de todo el mundo. A pesar de las declaraciones oficiales, aún quedan muchas preguntas y ambigüedades. Los diferentes testimonios y el extenso material visual plantean dudas sobre las declaraciones oficiales y dejan espacio para interpretaciones alternativas. El incidente de Phoenix Lights también tiene implicaciones de gran alcance para la conciencia de los fenómenos OVNI y la divulgación de información gubernamental. Ha contribuido a un debate más serio sobre la cuestión y a la demanda de una mayor transparencia. Por lo tanto, las Luces Fénix representan un caso importante que continúa siendo objeto de investigación y discusión. Sirven como ejemplo del complejo y fascinante fenómeno de los avistamientos de ovnis y nos animan a seguir buscando respuestas a la pregunta sobre la vida extraterrestre y la presencia tecnológica.

Queda por ver si las investigaciones y desarrollos futuros proporcionarán nuevos conocimientos sobre el incidente de Phoenix Lights y si estos pueden conducir finalmente a una aclaración final de lo que sucedió. Hasta entonces, el caso seguirá despertando el interés y la curiosidad de personas de todo el mundo y avanzando en el debate sobre la vida extraterrestre y los ovnis.

Incidente del bosque de Rendlesham (1980)

El incidente OVNI del bosque de Rendlesham es uno de los incidentes OVNI más famosos de la historia. Ocurrió en 1980 cerca de las aguas de la RAF Woodbridge y la RAF Bent, dos bases militares cerca de Ipswich, Suffolk, Reino Unido. Durante este incidente, el coronel Charles Halt, comandante adjunto de los Bentwa ters de la RAF, desempeñó un papel central. Este estudio de caso examina el incidente OVNI del bosque de Rend lesham y las declaraciones del coronel Charles Halt.

Eventos:

El 26 de diciembre de 1980, varios miembros del personal militar y de seguridad observaron luces inusuales en el cielo sobre el bosque de Rendlesham, cerca de la RAF Woodbridge. Estas luces han sido descritas como vibrantes, brillantes y coloridas. El comandante adjunto de la RAF Bentwaters, el coronel Charles Halt, y su personal de seguridad también observaron las luces. En los días siguientes, el 27 y 28 de diciembre, se informó de nuevos avistamientos de luces inusuales en el bosque de Rendlesham. El coronel Halt y su personal de seguridad se adentraron en el bosque para identificar la fuente de las luces. Informaron de un objeto metálico triangular y brillante que yacía en el suelo y había dejado rastros. El coronel Halt grabó un mensaje de audio documentando los acontecimientos.

Declaraciones del Coronel Charles Halt:

El Coronel Charles Halt hizo varias declaraciones sobre lo que sucedió en los años posteriores al incidente. En sus declaraciones, recalcó en repetidas ocasiones que él y su personal de seguridad se enfrentaron a los acontecimientos inusuales y que no pudieron encontrar una explicación convencional para ellos. Afirmó que el OVNI emitió una radiación inusual en el suelo y que habían tratado de documentar el incidente. Las observaciones y experiencias del coronel Charles Halt y su personal de seguridad fueron cruciales para registrar e investigar el incidente. Halt también expresó la opinión de que los gobiernos de Estados Unidos y Gran Bretaña habían minimizado el incidente y no lo habían investigado adecuadamente. Acusó a las autoridades de encubrimiento y falta de transparencia. Su testimonio y documentación ayudaron a hacer del incidente OVNI del bosque de Rendlesham uno de los casos OVNI mejor documentados e investigados.

Más investigaciones e interpretaciones:
A pesar de los esfuerzos de Halt y otros para esclarecer el incidente, todavía no hay una explicación uniforme para él. Algunos investigadores y escépticos argumentan que las luces observadas y el objeto metálico se basaron en fenómenos naturales o ejercicios militares secretos. Otros se aferran al origen extraterrestre de los eventos y ven el incidente como evidencia de contacto con inteligencia extraterrestre.

Importancia:
El incidente OVNI del bosque de Rendlesham y el papel del Coronel Charles Halt son de gran importancia para la investigación OVNI y la percepción pública de los OVNIs. El incidente ha llevado a un intenso debate sobre las visitas extraterrestres, los encubrimientos militares y la transparencia del gobierno. El coronel Halt y su personal de seguridad han experimentado el fenómeno de primera mano, y sus informes siguen planteando preguntas que preocupan tanto al mundo académico como al público.

Incidente de Ariel (1978)

El incidente de Ariel en 1978 es uno de los incidentes más fascinantes y desconcertantes en el campo de los avistamientos de ovnis. Ocurrió cerca de la ciudad de Ariel, en Israel, y fue observado por varios testigos presenciales.

Descripción del evento:

En la noche del 21 de enero de 1978, numerosas personas en la región de Ariel observaron un fenómeno de luz inusual en el cielo. Los testigos informaron de un objeto brillante que se movía con movimientos rápidos y aparentemente irregulares. Algunos también describieron cómo el objeto cambió su forma y se iluminó en diferentes colores.

Testimonios:

Varios testigos presenciales, entre ellos policías, militares y civiles, dieron cuenta del incidente. Sus declaraciones coincidieron en gran medida con respecto a la observación de un objeto de luz brillante que se movía rápida y ágilmente. Algunos testigos incluso afirmaron que el objeto flotó en el aire por un corto tiempo y luego desapareció a gran velocidad.

Investigación e investigación:

Tras el incidente de Ariel, se llevaron a cabo investigaciones para encontrar una posible explicación al fenómeno. Agencias gubernamentales e investigadores de ovnis participaron en la investigación para analizar el incidente y verificar las declaraciones de los testigos. Se realizaron entrevistas, se recogieron pruebas y se analizaron los datos de las grabaciones de radar.

Posibles explicaciones:

Hay varias hipótesis y explicaciones para el incidente de Ariel. Algunos investigadores sospechan que podría tratarse de una fenomenología natural, como un fenómeno atmosférico inusual o un meteorito. Otros, en cambio, especulan sobre la posibilidad de un origen extraterrestre, basándose en los movimientos inusuales y el cambio de forma del objeto.

Preguntas abiertas e investigaciones adicionales:

A pesar de las investigaciones y discusiones, muchas preguntas siguen sin respuesta. Todavía hay una necesidad de investigación e investigación adicional para comprender completamente el incidente de Ariel. Se debe interrogar a otros testigos, analizar los datos y las pruebas con más detalle y considerar posibles explicaciones tecnológicas.

El incidente de Ariel en 1978 sigue siendo un fenómeno OVNI fascinante y sin resolver. Testimonios, investigaciones y discusiones han demostrado que hay muchas interpretaciones e hipótesis diferentes. Una investigación exhaustiva e imparcial del incidente, que involucre varias disciplinas y tecnologías, podría ayudar a obtener más información y resolver el misterio del incidente de Ariel. Para poder llevar a cabo más investigaciones e investigaciones, es importante comprobar la credibilidad de los testimonios y explorar posibles explicaciones tecnológicas.

Incidente de Varginha (1996)

El incidente de Varginha en 1996 es uno de los más conocidos, pero también uno de los incidentes OVNI más controvertidos en Brasil.

Antecedentes:

El 20 de enero de 1996 se reportaron una serie de eventos en la ciudad brasileña de Vargin ha en los que supuestamente se avistaron seres extraterrestres. Los testigos informaron de criaturas humanoides con cabezas grandes y ojos rojos detectadas por las autoridades locales y el personal militar. El incidente rápidamente ganó atención nacional e internacional y condujo a una intensa discusión sobre la existencia de extraterrestres.

Testimonios:

Varios testigos, entre ellos policías y civiles, afirmaron haber visto a estos seres extraterrestres. Describieron a las criaturas como de aproximadamente 1,50 metros de altura, con piel gris, cabezas grandes y ojos rojos. Algunos testigos incluso afirmaron haber detectado un olor inusual asociado con los seres. Los testimonios fueron grabados por los medios de comunicación y dieron lugar a una amplia cobertura del incidente.

Investigaciones:

A raíz de los testimonios, las autoridades brasileñas iniciaron una investigación sobre el incidente. Un equipo de militares, policías y científicos se reunió para investigar el incidente y encontrar posibles explicaciones. Las investigaciones estuvieron marcadas por el secretismo y la controversia. Algunas autoridades emitieron comunicados oficiales en los que desestimaron el incidente como un malentendido o histeria. Los críticos, por otro lado, afirmaron que las pruebas fueron encubiertas o manipuladas para ocultar la existencia de extraterrestres.

Controversias y especulaciones:

El incidente de Varginha dio lugar a una variedad de especulaciones y controversias. Los defensores de la hipótesis extraterrestre argumentaron que el testimonio de los testigos y las pruebas supuestamente secretas apuntaban a una visita extraterrestre. Los escépticos, por otro lado, argumentaban que se trataba de una confusión de fenómenos naturales o convencionales y que los testimonios se debían a la histeria o a una mala interpretación.

El incidente de Varginha sigue siendo un caso muy discutido y controvertido. Los testimonios y las investigaciones indican que algo extraordinario sucedió en Varginha. Sin embargo, no hay evidencia clara de actividad extraterrestre. El incidente sigue siendo un misterio y plantea preguntas sobre la existencia de vida extraterrestre y la respuesta de los gobiernos a tales incidentes. El incidente de Varginha también ha alimentado el debate sobre la transparencia de los gobiernos con respecto al fenómeno OVNI y la vida extraterrestre. El incidente de Varginha aún no ha sido aclarado claramente. A pesar de las intensas investigaciones y testimonios, persisten las dudas e incertidumbres. Es probable que la verdad detrás del incidente de Varginha siga siendo objeto de especulación, controversia y debate.

Incidente de Travis Walton (1975)

El incidente de Travis Walton en 1975 es uno de los casos de abducción OVNI más conocidos y controvertidos. Travis Walton afirma haber sido abducido por seres extraterrestres, y desde entonces su historia ha atraído la atención mundial. Este estudio de caso examina los eventos que rodearon a Travis Walton y analiza los diversos puntos de vista y teorías que han surgido en relación con este incidente.

Los incidentes:

El 5 de noviembre de 1975, Travis Walton estaba trabajando con un grupo de carpinteros cerca de Snowflake, Arizona. En el camino a casa, vieron un objeto brillante y volador en el cielo, que interpretaron como un OVNI. Curioso y fascinado por la vista, Walton decidió acercarse al objeto mientras sus colegas esperaban en el coche. De repente, Walton fue atrapado por un brillante rayo de luz y aparentemente abducido por un OVNI.

La ausencia de Walton:

Después del secuestro de Travis Walton, sus colegas informaron que había desaparecido. Se inició una búsqueda a nivel nacional para encontrarlo. La policía y los medios de comunicación estuvieron involucrados, y el incidente recibió mucha atención. Cinco días después, Walton reapareció repentinamente y afirmó haber sido abducido por seres alienígenas.

La experiencia de Travis Walton:

Travis Walton afirmó que había estado a bordo de una nave espacial alienígena durante su ausencia. Describió una serie de exámenes médicos e interacciones con los seres extraterrestres. Su historia atrajo mucha atención y fue muy debatida tanto por los entusiastas como por los escépticos de los ovnis.

Aquí hay algunos detalles específicos que ha dado sobre estas investigaciones: Walton afirma que las personas extraterrestres tomaron muestras de su cuerpo. Al parecer, esto incluía muestras de sangre y otros tejidos, cuyo propósito y finalidad no estaban claros para él. Describe cómo los alienígenas usaron instrumentos extraños durante las investigaciones, algunos de los cuales eran desconocidos para él. Describe estos instrumentos como avanzados y no comparables con los instrumentos médicos que había visto en la Tierra. Walton afirma que fue examinado por seres humanoides, a quienes identificó como extraterrestres. Describe a estos seres como altos y delgados, con grandes cabezas y grandes ojos negros. Se comunicaban principalmente telepáticamente y no le hablaban en un idioma humano. Walton afirma que sus recuerdos de los exámenes médicos son parcialmente incompletos y que no puede recordar todos los detalles con claridad. Describe cómo sus recuerdos de los eventos durante el secuestro se volvieron más claros y borrosos con el tiempo. Estas descripciones de los exámenes médicos son parte de la controvertida narrativa de Travis Walton sobre su supuesta abducción por parte de extraterrestres. Son vistos por algunos como evidencia de la realidad de las visitas extraterrestres a la Tierra, mientras que otros los ven como parte de un debate más amplio sobre los fenómenos OVNI y la percepción humana.

Las controversias y teorías:
 El incidente de Travis Walton desató un polémico debate. Los escépticos argumentan que Walton pudo haber inventado su historia de secuestro, ya sea por razones de atención o para distraer la atención de un posible crimen. Algunos también afirman que se trata de un mensaje falso escenificado.

Por otro lado, están los defensores que creen en Travis Walton y consideran su experiencia como una verdadera abducción alienígena. Señalan la narrativa consistente y el hecho de que Walton y sus colegas fueron declarados creíbles durante una prueba de detector de mentiras.

El impacto: El incidente de Travis Walton tuvo un impacto significativo en su vida y en la de sus colegas. Han sido duramente criticados por el público y los medios de comunicación y han tenido que lidiar con las consecuencias de su historia. El incidente también tuvo un impacto en la comunidad de investigación OVNI y provocó más discusiones sobre las abducciones alienígenas.

El incidente de Travis Walton sigue siendo un misterio hasta el día de hoy y una de las historias de abducción OVNI más famosas. El estudio ha demostrado que hay muchos puntos de vista y teorías diferentes sobre este incidente. Los escépticos dudan de la credibilidad de Travis Walton y lo acusan de inventar la historia. Los partidarios, por otro lado, consideran que su experiencia es genuina y la ven como una prueba de abducciones extraterrestres. Es importante señalar que, a pesar de las discusiones contradictorias y las declaraciones contradictorias en torno al incidente de Travis Walton, hasta ahora no ha habido una confirmación científica clara, pero tampoco un rechazo. Las creencias individuales y las interpretaciones personales juegan un papel importante en la evaluación de este caso. Por otra parte, el incidente de Travis Walton ha ayudado a aumentar la conciencia pública sobre el problema de las abducciones extraterrestres y ha provocado un mayor debate sobre la existencia de vida extraterrestre. El caso ha influido en la comunidad de investigación OVNI y ha dado lugar a nuevas investigaciones y debates. En última instancia, el incidente de Travis Walton sigue siendo un capítulo fascinante en la historia del fenómeno OVNI. Sigue siendo importante llevar a cabo estudios científicos y reflexiones críticas para formarse una opinión informada y comprender mejor el fenómeno. La investigación adicional y el intercambio abierto son cruciales para encontrar respuestas a las preguntas relacionadas con las abducciones extraterrestres y posiblemente revelar la verdad sobre tales eventos.

Betty y Barney Hill (1961)

El incidente de Betty y Barney Hill en 1961 es uno de los casos más conocidos e investigados de presunta abducción alienígena. La pareja casada Betty y Barney Hill afirmaron haber sido abducidos y examinados por extraterrestres durante un viaje en automóvil. El incidente atrajo la atención mundial y condujo a una investigación intensiva sobre el fenómeno de las abducciones extraterrestres.

Antecedentes:
Betty y Barney Hill eran una pareja afroamericana que regresaba de unas vacaciones en Canadá en la madrugada del 20 de septiembre de 1961. Mientras conducían por New Hampshire, notaron un extraño objeto brillante en el cielo que los seguía y despertó sus temores. Más tarde, cuando regresaron a casa, se encontraron con que habían perdido varias horas sin poder recordar lo que había sucedido.

El incidente:
Después del incidente, Betty y Barney Hill inicialmente solo tenían fragmentos de recuerdos de extraños encuentros con seres alienígenas. Luego buscaron la ayuda de un psiquiatra, quien realizó sesiones bajo hipnosis para restaurar sus recuerdos. Bajo hipnosis, informaron de una abducción por parte de extraterrestres, que examinaron a bordo de una nave espacial y sometieron a procedimientos médicos.

Una afirmación notable de Betty Hill fue que durante su secuestro, vio una especie de mapa estelar que mostraba el lugar de origen de los seres alienígenas. Este mapa supuestamente mostraba una serie de estrellas y sistemas estelares que, según afirmaba, representaban el hogar de los secuestradores.

Curiosamente, Betty Hill afirmó que este sistema estelar no fue descubierto por los científicos hasta años después, unos 30 años después de su abducción. Afirmó que el descubrimiento de este sistema estelar por el "Telescopio Happel" confirmó lo que había visto durante su abducción.

Sin embargo, no hay pruebas fiables de que las afirmaciones de Betty Hill sean realmente ciertas. Tampoco hay registros de que el "telescopio Happel" haya descubierto tal sistema estelar. La historia de Betty Hill es considerada por muchos como parte de una discusión más amplia sobre los fenómenos OVNI y la percepción humana. A pesar de esto, su historia sigue siendo una parte importante de la historia de los ovnis y es considerada por algunos como evidencia de la existencia de inteligencias extraterrestres en la Tierra.

Investigaciones e implicaciones:
El caso de Betty y Barney Hill atrajo rápidamente la atención de los medios de comunicación y de los investigadores de ovnis. Se llevó a cabo una investigación exhaustiva, interrogando a testigos y reuniendo pruebas. Aunque no había evidencia física clara del secuestro, los relatos de Betty y Barney Hill fueron considerados creíbles por algunos.

El caso también tuvo un impacto en la conciencia pública sobre las abducciones extraterrestres. Ayudó a popularizar la idea de que las personas podían ser abducidas y estudiadas por extraterrestres. El caso de Betty y Barney Hill ha sido cubierto en numerosos libros, documentales y películas y ha servido como modelo para futuras investigaciones y discusiones sobre el fenómeno de las abducciones extraterrestres.

Críticas y debates:

Al igual que con muchos casos de abducciones alienígenas, hay críticos y escépticos en Betty y Barney Hill. Algunos argumentan que los recuerdos bajo hipnosis podrían ser sugestivos y que el incidente puede deberse a otras causas, como parálisis del sueño o alucinaciones. Otros acusan a Betty y Barney Hill de inventar la historia para llamar la atención o obtener ventajas financieras.

El caso de Betty y Barney Hill sigue siendo un incidente fascinante y controvertido en el campo de las abducciones extraterrestres. Aunque no hay evidencia definitiva para confirmar o refutar el incidente, ha tenido un impacto significativo en el estudio y la discusión del fenómeno de las abducciones extraterrestres. El estudio ha demostrado cómo estos informes de incidentes pueden despertar el interés público y conducir a una mayor investigación. Las narraciones detalladas de la pareja han inspirado a muchas personas a compartir sus propias experiencias de abducciones alienígenas y buscar respuestas a. Sin embargo, las implicaciones del caso van más allá del fenómeno de las abducciones alienígenas. También ha contribuido al debate sobre la credibilidad de los testimonios de los testigos, el papel de la hipnosis en la restauración de la memoria y la existencia de vida extraterrestre en general. Sigue siendo un desafío investigar científicamente el caso de Betty y Barney Hill y encontrar pruebas claras. Sin embargo, su historia ha ayudado a crear conciencia sobre la posibilidad de vida extraterrestre y fenómenos extraordinarios en la sociedad. El caso de Betty y Barney Hill continúa siendo discutido e investigado por investigadores, escépticos y entusiastas de los ovnis. Sigue siendo una pregunta abierta si su secuestro realmente tuvo lugar o si se trata de una memoria defectuosa u otras explicaciones. Pero independientemente de la naturaleza real del incidente, ha despertado el interés en la vida extraterrestre y lo desconocido, dejando una marca duradera en la historia de la investigación OVNI.

Incidente de Shag Harbour (Canadá, 1967)

El incidente de Shag Harbour en 1967 es uno de los incidentes OVNI más famosos en Canadá. Se trata de un incidente en el que se dice que un objeto volador desconocido se estrelló en las aguas de Shag Harbour. Este incidente no solo ha atraído la atención del público, sino que también ha llevado al gobierno de Canadá a iniciar una investigación oficial.

Antecedentes:
En la noche del 4 de octubre de 1967, varios testigos en las cercanías de Shag Harbour observaron un objeto grande y brillante que caía del cielo y finalmente desaparecía en las aguas. Se recibieron numerosas llamadas por parte de la policía local y la guardia costera, que luego lanzaron una operación de rescate, ya que inicialmente se asumió que la aeronave se había estrellado.

Investigación y respuesta de las autoridades:
La Real Policía Montada de Canadá (RCMP) y la Guardia Costera de Canadá estuvieron involucradas en el incidente de Shag Harbour. Inmediatamente lanzaron una operación de búsqueda y rescate, utilizando buzos, botes y reflectores para localizar el

avión presuntamente estrellado y rescatar a los sobrevivientes. Sin embargo, a pesar de los intensos esfuerzos, no se pudo encontrar ningún accidente ni superviviente.

Investigación oficial:

El gobierno de Canadá respondió al incidente de Shag Harbour iniciando una investigación oficial. Se ha creado un grupo de trabajo para investigar el incidente y encontrar posibles explicaciones. El grupo de trabajo estaba integrado por representantes de la Real Policía Montada de Canadá, la Guardia Costera, el Ministerio de Defensa y otros organismos gubernamentales.

Durante la investigación, se recogieron y analizaron testimonios. Varios testigos informaron de un objeto inusual que cayó al agua y luego desapareció sin dejar rastro. También hubo informes de luces y ruidos extraños cerca de la escena del incidente. Las autoridades también investigaron otras posibles causas, como accidentes aéreos o actividades militares, pero no pudieron encontrar una explicación convincente.

Resultado y consecuencias:

La investigación oficial sobre el incidente de Shag Harbour finalmente no obtuvo resultados concretos. El gobierno emitió un comunicado de prensa confirmando que algo inusual había ocurrido en Shag Harbour, pero no pudo proporcionar una explicación clara para ello.

El incidente de Shag Harbour atrajo la atención nacional e internacional. Fue ampliamente cubierto por los medios de comunicación y ayudó a aumentar aún más el interés en los ovnis y la vida extraterrestre. El incidente todavía está siendo discutido e investigado hoy en día por investigadores de ovnis, entusiastas y escépticos.

Algunos testigos del incidente de Shag Harbour afirmaron que el objeto estrellado podría haber sido una nave espacial alienígena. Informaron de luces inusuales, objetos flotantes y un silencio inexplicable en la zona después del incidente. Estos informes contribuyeron a la especulación de que se trató de un encuentro con tecnología extraterrestre.

Algunos testigos del incidente de Shag Harbour afirmaron que el objeto estrellado podría haber sido una nave espacial alienígena. Informaron de luces inusuales, objetos flotantes y un silencio inexplicable en la zona después del incidente. Estos informes contribuyeron a la especulación de que se trató de un encuentro con tecnología extraterrestre.

El incidente de Shag Harbour también ha ayudado a crear conciencia sobre los fenómenos OVNI y la vida extraterrestre. Ha despertado el interés público y ha contribuido a la discusión sobre la existencia de civilizaciones extraterrestres. El incidente se cubre regularmente en libros, documentales y conferencias sobre ovnis y se considera un capítulo importante en la historia de la investigación sobre ovnis.

El incidente de Shag Harbour es también un testimonio extraordinario en la investigación OVNI. Aunque no se ha encontrado una explicación definitiva, los testimonios y la investigación oficial continúan planteando preguntas y mantienen el interés en los ovnis y la vida extraterrestre. El incidente de Shag Harbour es un ejemplo de un incidente OVNI bien documentado e investigado que continúa alimentando la curiosidad y la búsqueda de respuestas al misterio sin resolver de la vida extraterrestre.

Incidente de Cash-Landrum (Estados Unidos, 1980)

El incidente de Cash-Landrum es un evento notable que ocurrió en 1980 en el estado de Texas, EE. UU. Se trata de un incidente OVNI en el que varios testigos tuvieron un encuentro con un objeto volador no identificado. El incidente atrajo mucha atención y todavía hoy plantea interrogantes.

Descripción del incidente:
El 29 de diciembre de 1980, Betty Cash, Vickie Landrum y Colby Landrum estaban en un automóvil en reversa 202 lejos de un restaurante cerca de Huffman, Texas. De repente, notaron una luz brillante en el cielo que se acercaba a ellos. La luz fue descrita como un gran objeto en forma de diamante que arrojaba fuego y emitía una fuerte presión y calor.

Los testigos trataron de esquivar el objeto, pero éste pareció seguirlos. Después de un tiempo, se encontraron cerca de una carretera donde tuvieron que detenerse. Observaron cómo el objeto aterrizaba cerca, atrayendo a un gran número de vehículos militares y helicópteros.

Betty Cash, Vickie Landrum y Colby Landrum fueron testigos de una escena extraordinaria en la que vieron un estimado de 23 helicópteros militares y varios vehículos militares. El objeto estaba rodeado de fuertes llamas y humo. Los testigos estaban preocupados por su salud porque sentían que la radiación del objeto los estaba afectando.

Después del incidente:

Los testigos sufrieron quemaduras, náuseas y otros problemas de salud debido a la presunta exposición a la radiación durante el incidente. Betty Cash incluso tuvo que ser hospitalizada. Las autoridades y los militares fueron informados del incidente y se inició una investigación oficial.

Sin embargo, la investigación oficial no proporcionó una explicación clara del incidente. Los militares negaron cualquier implicación en el incidente y afirmaron que no se estaban llevando a cabo operaciones militares en la zona. Sin embargo, hubo informes de un ejercicio militar secreto cerca de la escena del incidente en ese momento.

Discusión e interpretación:

El incidente de Cash-Landrum sigue siendo un evento controvertido en la investigación OVNI. Algunos expertos e investigadores de ovnis creen que fue un encuentro con una nave espacial extraterrestre, mientras que otros se muestran escépticos y buscan explicaciones alternativas.

Una teoría es que podría haber sido una tecnología militar secreta que apareció a los testigos como un OVNI. Otra teoría dice que fue una combinación de fenómenos naturales y percepción histérica masiva.

El incidente de Cash-Landrum sigue siendo un misterio sin resolver en la investigación OVNI. Aunque las investigaciones oficiales no han encontrado una explicación clara para el incidente, los testigos continúan luchando con las consecuencias del incidente. Betty Cash y Vickie Landrum han sufrido problemas de salud mucho despúes del incidente, afirmando que su calidad de vida se ha visto gravemente afectada.

El incidente de Cash-Landrum también ha atraído la atención de los medios de comunicación y del público. Se publicaron numerosos informes y se realizaron entrevistas con los testigos. El incidente ha ayudado a crear conciencia sobre el problema de los ovnis y la vida extraterrestre, y ha alimentado aún más el debate sobre si estamos siendo visitados por formas de vida extraterrestres inteligentes. Los efectos del incidente de Cash-Land todavía se sienten hoy en día. Ha ayudado a promover el interés en los estudios OVNI y la investigación universitaria. El incidente también ha llevado a los Testigos a hablar públicamente sobre sus experiencias y a dedicar su vida a investigar el fenómeno. En general, el incidente de Cash-Landrum sigue siendo un evento fascinante y misterioso que continúa capturando la imaginación de las personas y planteando la cuestión de la vida extraterrestre y los posibles encuentros con ella. Queda por ver si las investigaciones y los hallazgos futuros aportarán más claridad sobre este incidente y eventos similares.

Incidente de Vostok (Rusia, 1982)

El incidente de Vostok en 1982 es un evento notable en la investigación OVNI y ha causado sensación en Rusia e internacionalmente. El incidente ocurrió cerca del lago Vostok, en la región de Siberia Oriental, e incluye informes de testigos de un encuentro inusual con un objeto volador desconocido. Este estudio examina los detalles y antecedentes del incidente de Vostok y su impacto en la investigación OVNI.

Antecedentes:

En 1982, tres geólogos soviéticos trabajaban como parte de una expedición cerca del lago Vostok. Durante su trabajo, observaron una luz brillante en el cielo que se acercaba rápidamente a ellos. La luz fue descrita por los testigos como un gran objeto volador con forma de cigarro que flotaba silenciosamente y tenía un tamaño impresionante.

El incidente:

Los testigos informaron que el objeto volador aterrizó en las inmediaciones y que hubo un silencio extraordinario. Describieron cómo varios objetos más pequeños se separaron del objeto principal y se movieron en diferentes direcciones. Los geólogos reportaron una intensa sensación de asombro y estaban rodeados por un tipo de energía que describieron como electrizante. Durante el incidente, los geólogos también observaron algún tipo de comunicación o interacción entre los objetos más pequeños y el objeto principal. No se percibieron acciones agresivas ni intenciones hostiles por parte de los objetos voladores desconocidos. Después de un cierto tiempo, los objetos más pequeños se elevaron nuevamente y se fusionaron con el objeto principal, que luego se alejó rápidamente.

Impacto:

El incidente de Vostok tuvo un impacto significativo en la investigación OVNI en Rusia y en todo el mundo. Los testigos del incidente informaron de sus observaciones a las autoridades pertinentes, pero no hay una declaración pública oficial sobre el incidente. Sin embargo, los informes y rumores sobre el incidente de Vostok se extendieron entre los entusiastas de los ovnis y el público. El incidente de Vostok ha ayudado a aumentar el interés en la vida extraterrestre y las apariciones de ovnis en

Rusia. Se llevó a cabo una amplia discusión sobre el fenómeno y se propusieron diversas teorías e hipótesis para explicar el incidente. Algunos especularon sobre una posible presencia extraterrestre, mientras que otros consideraron explicaciones alternativas, como experimentos militares secretos.

Conclusión:

El incidente de Vostok sigue siendo un misterio sin resolver en la investigación OVNI. Los relatos de los testigos sobre el inusual encuentro con los objetos voladores desconocidos en 1982 continúan planteando preguntas y alentando una mayor investigación. El incidente de Vostok muestra paralelismos con otros encuentros con ovnis en todo el mundo y se suma al creciente cuerpo de evidencia e informes de objetos voladores no identificados.

Con el fin de investigar más a fondo el incidente de Vostok, las investigaciones futuras podrían incluir los siguientes pasos:

Recopilación de testimonios: Una entrevista detallada de los geólogos que observaron el incidente es de crucial importancia. Es importante documentar en detalle sus experiencias, percepciones y emociones en relación con el incidente.

Investigaciones forenses:

Las investigaciones del entorno en el que ocurrió el incidente podrían proporcionar evidencia de rastros físicos o cambios. Deben analizarse las muestras de suelo, la contaminación del aire y del agua y otros posibles efectos.

Cooperación con otras instituciones:

Sería útil cooperar con organizaciones internacionales de investigación OVNI e instituciones científicas con el fin de aprovechar la experiencia y los recursos y analizar el incidente de Vostok desde diferentes perspectivas. Análisis técnico: Se debe realizar un análisis exhaustivo de las imágenes fotográficas y/o de video disponibles del incidente. La identificación de objetos, trayectorias u otras características relevantes puede ayudar a comprender el incidente con mayor precisión.

Investigación histórica: Una investigación exhaustiva sobre la región y cualquier incidente similar en el pasado puede proporcionar más información. Es importante tener en cuenta los registros históricos, informes o leyendas que puedan apuntar a fenómenos similares. El estudio de caso del incidente de Vostok ilustra la complejidad y los desafíos de investigar los fenómenos OVNI. Aunque el incidente de Vostok plantea muchas preguntas hasta el día de hoy, ayuda a crear conciencia sobre el fenómeno de los objetos voladores no identificados y a continuar manteniendo la curiosidad y la investigación. Sólo podemos esperar que las futuras investigaciones y los avances tecnológicos nos ayuden a resolver el misterio del incidente de Vostok y otros similares, y a obtener más claridad sobre la naturaleza de estos fenómenos.

El incidente de Río Cuarto (Argentinien, 1965)

El incidente de Río Cuarto en 1965 es uno de los incidentes OVNI más conocidos y mejor documentados en Argentina.

Descripción del hecho:
En la noche del 19 de mayo de 1965, varios habitantes de Río Cuarto presenciaron un hecho insólito. Estaban dirigidos por una formación luminosa y redonda en el cielo, que aparecía en

diferentes colores y hacía movimientos raros. Algunos testigos afirmaron que el objeto estaba acompañado por un haz de luz brillante.

Testimonios e investigaciones:

Se llevó a cabo una investigación exhaustiva para verificar la credibilidad de los testimonios. Las autoridades locales y los científicos entrevistaron a los testigos presenciales y recopilaron información sobre el incidente. Los testigos describieron el OVNI como grande y luminoso, y algunos afirmaron que permaneció en el cielo por un corto tiempo antes de desaparecer a gran velocidad.

Evidencia física:

Aunque no se encontraron rastros físicos en el terreno u otras evidencias materiales, los numerosos testimonios son un aspecto importante en la investigación del incidente de Río Cuarto. Los informes de los testigos son similares en muchos detalles, lo que indica cierta credibilidad.

Discusión de posibles explicaciones:

Existen diferentes teorías que intentan explicar el incidente de Río Cuarto. Una posible explicación es que se trataba de un fenómeno natural, como un meteorito. Otra teoría es que se trató de un experimento militar o de una tecnología secreta. Otra especulación es que podría haber sido una nave espacial extraterrestre.

Efectos y consecuencias:

El incidente de Río Cuarto atrajo la atención no solo de la población local, sino también de los medios de comunicación y de los investigadores de ovnis de todo el mundo. El incidente fue ampliamente cubierto por la prensa y condujo a un debate intensificado sobre el fenómeno OVNI. Ayudó a aumentar el interés en la investigación OVNI y a aumentar la conciencia pública sobre los objetos voladores no identificados.

El incidente en Río Cuarto sigue siendo un misterio hasta el día de hoy, y no hay una explicación definitiva para el fenómeno observado. Sin embargo, los numerosos testimonios y la cuidadosa investigación del incidente demuestran que algo inexplicable sucedió en el cielo de Río Cuarto. El incidente se suma a la creciente colección de informes de ovnis y continúa desafiando a la comunidad científica y a los investigadores de ovnis a investigar el fenómeno más de cerca. El incidente de Río Cuarto es otro caso que demuestra que hay muchas preguntas sin resolver relacionadas con los ovnis y que se necesita más investigación para comprender mejor estos fenómenos. La investigación sobre incidentes OVNI como el incidente de Río Cuarto es importante para obtener más información sobre posibles actividades extraterrestres o fenómenos inexplicables. También es de gran importancia tomar en serio el testimonio de los testigos y llevar a cabo investigaciones cuidadosas para permitir un análisis preciso de los acontecimientos. El incidente en Río Cuarto ha tenido un impacto duradero en las personas de la región y ha despertado su interés por los ovnis y la vida extraterrestre. También ha alimentado la discusión sobre la existencia de inteligencia extraterrestre y la posibilidad de contacto con otras civilizaciones antes del año.

Debemos tener en cuenta que el incidente de Río Cuarto es un evento significativo en la historia de la investigación OVNI. Aunque no se ha encontrado una explicación definitiva, tales estudios de caso ayudan a aumentar nuestro conocimiento de los fenómenos OVNI y a llamar la atención sobre el estudio de lo desconocido.

Proyecto Hessdalen (1980)

Un fenómeno inexplicable

Introducción

Hessdalen, un valle de Noruega a unos 150 km al sur de Trondheim, es conocido en todo el mundo por las llamadas "luces de Hessdalen", misteriosos fenómenos lumínicos que se han detectado una y otra vez desde principios de la década de 1980. Estas luces a menudo aparecen al anochecer o por la noche y se mueven como esferas brillantes o fuentes de luz puntuales en el aire, a menudo cambiando de forma, tamaño y brillo.

Descripción de las luces Esféricas

Las luces de Hessdalen a menudo aparecen como esferas luminosas que flotan o se mueven en el aire. Variaciones de color: Las luces brillan en diferentes colores, como blanco, amarillo, rojo y azul.

Movimiento: Se mueven en diferentes patrones, desde líneas rectas hasta cambios bruscos de dirección o movimientos aleatorios. Algunos parecen volar a gran velocidad o desaparecer repentinamente.

Investigaciones e hipótesis

Teorías científicas para explicar las luces de Hessdalen

Ionización del aire

Las luces pueden ser causadas por aire ionizado en combinación con campos electromagnéticos influenciados por condiciones geológicas o meteorológicas. Podría ser algún tipo de plasma.

Reflejos o refracción de la luz

Una hipótesis es que las luces son producidas por los reflejos de las luces de los vehículos u otras fuentes de luz natural. Sin embargo, dado que las luces también aparecen en áreas remotas sin rutas de tráfico, esta teoría es controvertida.

Fenómenos eléctricos

Algunos científicos ven una conexión con fenómenos eléctricos inusuales, similares a los rayos en bola, que podrían ser generados por cargas terrestres.

Fenómenos atmosféricos:

La electricidad estática, las tormentas magnéticas o las condiciones meteorológicas especiales también podrían influir.

Investigación científica y civil

Desde la década de 1980, científicos, militares noruegos y físicos han estudiado el fenómeno:

El Proyecto Hessdalen (1983): Este proyecto ha instalado cámaras y dispositivos de medición en la región para documentar y analizar científicamente las luces.

Principales científicos implicados

Dr. Erling Strand: Como investigador principal del proyecto, desempeñó un papel clave en la creación de los instrumentos de medición.

Dr. Jørgen R. Isachsen: Físico que investiga las posibles causas geofísicas y atmosféricas.

Prof. Håkan M. Svensson: Electrofísico que investiga los efectos electrodinámicos como enfoque explicativo.

Informes y testimonios

Numerosos relatos de testigos oculares describen las luces de diferentes maneras, desde muy brillantes y enfocadas hasta luminosidad difusa. La diversidad de las descripciones dificulta la formación de una teoría uniforme.

Turismo e interés

Las misteriosas luces han despertado el interés de turistas y ufólogos, y se ha habilitado un centro de visitantes para proporcionar información sobre el fenómeno. Muchos visitantes esperan experimentar el misterio por sí mismos.

Conexión con las teorías OVNI

Algunos especulan que las luces de Hessdalen podrían estar relacionadas con los OVNIs. Sin embargo, esta teoría no está respaldada por la comunidad científica, pero ha alimentado aún más el interés público en el fenómeno.

Hessdalen sigue siendo uno de los fenómenos inexplicables más fascinantes del mundo. A pesar de la intensa investigación y las numerosas hipótesis, todavía no hay una explicación concluyente para las luces de Hessdalen.

AATIP (2007-2012)

El Programa de Identificación de Amenazas Aeroespaciales Avanzadas (AA TIP) fue un programa secreto del gobierno de los Estados Unidos dedicado al estudio de fenómenos aeroespaciales no identificados. Se dio a conocer por primera vez en 2007 y tenía como objetivo analizar informes de objetos voladores inusuales, también conocidos como OVNIs (Objetos Voladores No Identificados), e identificar posibles amenazas relevantes para la seguridad.

Antecedentes y objetivos del programa AATIP:

El programa AATIP fue lanzado por el Departamento de Defensa de los Estados Unidos y fue dirigido por el entonces oficial de inteligencia Luis Elizondo. El objetivo del programa era comprender mejor la naturaleza y el origen de los fenómenos aeroespaciales no identificados e identificar posibles amenazas a la seguridad nacional de los Estados Unidos. El programa fue financiado con un presupuesto anual de alrededor de 22 millones de dólares y trabajó en estrecha colaboración con otras agencias gubernamentales, incluidas la CIA y la Fuerza Aérea.

Actividades y métodos del programa AATIP:

El programa AATIP recopiló y analizó informes de objetos voladores inusuales reportados por personal militar, helicópteros, astronautas y testigos civiles. Adoptó un enfoque multidisciplinario, reuniendo a expertos de diferentes campos científicos como la ingeniería aeronáutica y aeroespacial, la física, la psicología y los servicios secretos. El programa utilizó tanto información disponible públicamente como fuentes de datos secretas para verificar los informes y encontrar posibles explicaciones para los fenómenos observados.

Resultados e impacto del programa AATIP:

Aunque muchos detalles sobre los resultados específicos del programa AATIP permanecen en secreto, hay algunos efectos conocidos que tuvo el programa. Uno de los más significativos fue la publicación en 2017 de tres videos producidos por la AATIP que mostraban imágenes de objetos voladores desconocidos. Esta publicación causó sensación en todo el mundo y condujo a un aumento de la discusión pública sobre el tema de los ovnis y la vida extraterrestre. Además, el programa AATIP ha ayudado a crear conciencia sobre el tema y ha promovido la cooperación entre diferentes departamentos gubernamentales y expertos científicos. Permitió el intercambio de información y conocimientos sobre objetos de aviación no identificados y contribuyó a un tratamiento más intensivo de este tema.

El Programa de Identificación de Amenazas Aeroespaciales Avanzadas (AA TIP) fue un programa pionero para el estudio de fenómenos aeroespaciales identificados individualmente. Contribuyó a sensibilizar a la opinión pública sobre el tema y fomentó la cooperación entre diferentes organismos gubernamentales y expertos científicos. Mediante el análisis de informes y la publicación de videos, el programa ayudó a aumentar el interés en los ovnis y la vida no terrestre en todo el mundo. Aunque el programa AATIP se suspendió oficialmente en 2012, el interés en los objetos voladores no identificados y los fenómenos extraterrestres sigue siendo alto. La continuación de la investigación en este campo es impulsada por organizaciones independientes y empresas privadas. El trabajo del programa AATIP ha sentado las bases para futuras investigaciones y muestra que el tema de los ovnis y la vida extraterrestre sigue siendo de interés científico y social. El programa AATIP no ha aclarado de manera concluyente si los fenómenos observados se deben realmente a inteligencia extraterrestre. Sin embargo, ha ayudado a avanzar en la comprensión y la investigación en el campo. Por último, el AATIP-Pro de gramos ha desempeñado un papel importante en la investigación y el análisis de fenómenos aeroespaciales no identificados. Contribuyó a sensibilizar a la opinión pública y a promover la cooperación entre los departamentos gubernamentales y los expertos científicos. Los resultados y el impacto del programa han aumentado el interés en los ovnis y la vida extraterrestre en todo el mundo y han sentado las bases para futuras investigaciones en esta área.

Este estudio de caso se basa en información disponible públicamente. Ciertos aspectos del programa AATIP son, por supuesto, todavía secretos.

Tu propio viaje con contacto extraterrestre

Intercambio con personas de ideas afines

El intercambio con personas de ideas afines y el aprendizaje conjunto son de fundamental importancia para el viaje en el contexto del contacto extraterrestre. La necesidad de conectarse y compartir experiencias con otras personas que comparten intereses y experiencias similares está en el corazón de este fascinante viaje y juega un papel crucial en el crecimiento personal. Las interacciones con personas de ideas afines ofrecen una plataforma animada para el intercambio de experiencias, conocimientos y preguntas sobre el fenómeno extraterrestre. Estos valiosos encuentros permiten que las personas se apoyen mutuamente, aprendan unas de otras y crezcan juntas. El contacto con personas de ideas afines crea una atmósfera de comprensión y apoyo dentro de una comunidad de personas que están interesadas en temas similares.

Hay muchas maneras de conectarse con personas de ideas afines y obtener información más detallada sobre el contacto extraterrestre. Las comunidades y foros en línea ofrecen la oportunidad de establecer contactos con personas de todo el mundo y sumergirse en conversaciones en profundidad. Los eventos regionales, las reuniones periódicas y los grupos organizados ofrecen la oportunidad de establecer contactos personales e intercambiar ideas en un entorno familiar. Además, los talleres y seminarios, ofrecidos por expertos y profesionales experimentados, ofrecen la oportunidad de obtener una visión más profunda de gey aprender habilidades prácticas. Los libros y la literatura científica son ricas fuentes de información y proporcionan material para estimular los debates. Las conferencias de expertos, las entrevistas y las valiosas fuentes de información también se pueden utilizar para profundizar la comprensión y el conocimiento del contacto extraterrestre.

Al interactuar con personas de ideas afines, es crucial mantener el respeto por las diferentes perspectivas y opiniones. El contacto extraterrestre es un tema fascinante, pero también controvertido, que puede dar lugar a diferentes puntos de vista. Por lo tanto, es esencial promover un ambiente de diálogo respetuoso en el que se puedan escuchar y discutir diferentes opiniones sin prejuicios ni juicios.

Mantener la privacidad y la confidencialidad es de suma importancia, ya que muchas personas comparten experiencias personales. El manejo respetuoso de la información confidencial y el respeto de los límites personales son principios fundamentales del intercambio. Aunque el contacto con personas de ideas afines es un recurso valioso, un enfoque crítico es esencial. No toda la información que se comparte es necesariamente científicamente sólida o fiable. La verificación de la información y el uso de diferentes fuentes ayudan a tomar decisiones inteligentes e informadas.

El intercambio con personas de ideas afines y el aprendizaje conjunto son herramientas valiosas en su camino de contacto extraterrestre. Al entablar un diálogo y trabajar con personas que comparten intereses y experiencias similares, puede obtener nuevas perspectivas, profundizar sus conocimientos y establecer conexiones valiosas. Una comunidad de apoyo puede inspirarte y empoderarte para que aproveches al máximo tu contacto extraterrestre y continúes creciendo.

Datos de interés

Cinco Señales OVNI Reconocidas

Un OVNI, abreviatura de "Objeto Volador No Identificado", se refiere a un objeto volador que no puede ser identificado inmediatamente. Aquí hay cinco señales que podrían indicar que se trata de un OVNI:

Patrones de vuelo inusuales

Los ovnis a menudo se asocian con patrones de vuelo inusuales que difieren de los aviones o helicópteros convencionales. Podrían mostrar cambios bruscos de dirección, velocidades o movimientos extremadamente altos, que son típicos de las aeronaves terrestres, pero tampoco de los drones.

Apariciones luminosas

Muchos avistamientos de ovnis incluyen apariciones luminosas. Estos podrían aparecer como luces brillantes, haces de luz o patrones de luz cambiantes en el cielo. Las apariencias de los candelabros pueden variar, desde esferas brillantes hasta colores cambiantes.

Movimiento silencioso

Otro signo de un OVNI es el silencio que a menudo se asocia con sus movimientos. A diferencia de los aviones o helicópteros, que normalmente producen un nivel de ruido significativo, muchos testigos de ovnis informan de movimientos silenciosos de los objetos.

Alta velocidad

Un OVNI puede moverse a una velocidad inexplicablemente alta. Estos movimientos rápidos se pueden realizar a largas distancias en un corto período de tiempo y no pueden ser replicados por aviones artificiales o drones.

Estas velocidades van 100% en contra de las leyes de la aerodinámica tal y como las conocemos.

Múltiples testigos

Los avistamientos de ovnis a menudo son observados por varias personas al mismo tiempo. Si varios testigos independientes proporcionan descripciones similares del mismo objeto, aumenta la probabilidad de que se trate de algo inexplicable.

OVNI no significa necesariamente que sea una nave espacial extraterrestre, el término simplemente significa que el objeto observado no puede ser identificado de inmediato, o en absoluto.

Paul Helley

Paul Hellyer, un ex militarista y político de alto rango, ha afirmado que hay contacto con extraterrestres y que se están haciendo preparativos para que la Tierra se una a una federación galáctica. Este notable punto de vista fue hecho por Hellyer, aunque él ya estaba retirado en ese momento y, por lo tanto, no obtuvo ni ganancia ni pérdida personal de esta revelación. La pregunta que surge en este contexto es por qué mentiría un exministro y político.

Paul Hellyer nació el 6 de agosto de 1923 en Waterford, Ontario, Canadá, y falleció el 8 de agosto de 2021. En Canadá, fue un político importante que ocupó varios cargos y cargos en el gobierno durante su carrera. Como miembro del Partido Liberal de Canadá, fue elegido por primera vez como miembro de la Cámara de los Comunes en 1949. A lo largo de su carrera política, ocupó diversos cargos ministeriales, entre ellos el de ministro de Defensa, ministro de Transportes y presidente del Consejo del Tesoro.

Después de su retiro de la política activa, Hellyer se dedicó intensamente al estudio de los fenómenos OVNI, la vida extraterrestre y las teorías de conspiración. Sus declaraciones, que se refieren al contacto oculto de los gobiernos de todo el mundo con seres extraterrestres y el uso de tecnología extraterrestre por parte de la humanidad, son extremadamente controvertidas, pero no obstante discutidas. Son vistos críticamente por muchos expertos y científicos y a menudo no son aceptados. Desafortunadamente, siempre será un misterio por qué un ex ministro y político, que ya no estaba en el cargo en ese momento, hizo declaraciones tan explosivas. Sin embargo, un punto crucial que siempre debemos tener en cuenta es que el encubrimiento y el secreto de la información sobre encuentros extraterrestres se remonta a más de 80 años. En vista de este hecho, la idea de una federación galáctica no parece del todo impensable.

Hellyer también ha afirmado que él personalmente tiene evidencia de presencia extraterrestre e incluso se la mostró a un reportero. Hay informes de que afirma tener fotos de extraterrestres y sus naves espaciales y que se las ha mostrado a un periodista. Según él, se supone que estas fotos y otras pruebas prueban la existencia de inteligencias extraterrestres en la Tierra.

Desafortunadamente, dado que no hay evidencia verificable que respalde las afirmaciones de Paul Hellyer, algunos críticos lo acusan de usar su posición y reputación para difundir afirmaciones falsas. Llegados a este punto, cabe destacar una vez más que en ese momento ya no estaba en servicio activo del gobierno, por lo que no se benefició de ninguna declaración. Sin embargo, sus declaraciones y afirmaciones siguen siendo un tema de intensa discusión en la comunidad de investigación OVNI y extraterrestre.

Haim Eshed

Haim Eshed nació en 1933. Es profesor visitante israelí de aeroespacial en varias instituciones de investigación de tecnología espacial. Como general de brigada retirado de la inteligencia militar israelí, Eshed estuvo a cargo de los programas espaciales en el Ministerio de Defensa israelí durante casi 30 años. También fue Presidente del Comité Espacial del Consejo Nacional de Investigación y Desarrollo del Ministerio de Ciencia, Tecnología y Espacio, y miembro del Comité Directivo de la Agencia Espacial de Israel. A menudo se hace referencia a Eshed como el padre del programa espacial de Israel.

A lo largo de su carrera, Eshed ha sido galardonado con la Citación del Jefe de Estado Mayor, el premio más alto de no combatientes otorgado por las FDI. También ha recibido tres veces el Premio de Defensa de Israel, el más alto galardón de defensa civil del Estado de Israel, aunque las razones exactas de estos honores siguen siendo secretas.

Eshed sirvió en la ultrasecreta Unidad 81, que proporcionó soluciones tecnológicas a la dirección de inteligencia militar de las FDI. Es licenciado en ingeniería eléctrica por el Technion – Instituto de Tecnología de Israel, así como tiene un máster y un doctorado en ingeniería aeronáutica.

En diciembre de 2020, Eshed fue noticia cuando afirmó en una entrevista con el periódico nacional israelí Yediot Aharonot que el gobierno de los Estados Unidos había estado en contacto con vida extraterrestre durante años y había firmado acuerdos con una "Federación Galáctica". También afirmó que hay un terreno común bajo tierra en Marte, donde trabajan con astronautas estadounidenses. Estas afirmaciones provocaron una polémica discusión.

Partes de la entrevista fueron publicadas en inglés por el Jerusalem Post, lo que llevó a una mayor difusión de las declaraciones. Un investigador de ovnis, Nick Pope, expresó dudas sobre la credibilidad de las declaraciones de Eshed a NBC News y preguntó si eran información primaria o secundaria.

El libro de Eshed "El universo más allá del horizonte: conversaciones con el profesor Haim Eshed", escrito por el autor Hagar Yanai y publicado en noviembre de 2020, contiene más afirmaciones sobre contactos extraterrestres. En él, Eshed cuenta historias sobre cómo se dice que los extraterrestres han evitado posibles desastres nucleares, incluido un incidente nuclear no especificado durante la invasión de Bahía de Cochinos.

Isaac Ben-Israel, el entonces presidente de la Agencia Espacial de Israel, expresó su preocupación por las afirmaciones de Eshed al Times of Israel, enfatizando que hasta ahora no había evidencia de vida extraterrestre.

David Marler

David Marler es un conocido investigador y autor de ovnis que se especializa en el estudio de avistamientos de ovnis y objetos voladores no identificados. Es mejor conocido por su extensa investigación sobre el fenómeno de los "triángulos negros", que se consideran un tipo especial de OVNI.

Marler ha escrito sobre los avistamientos de ovnis en numerosos libros y artículos, entre ellos "Ovnis triangulares: una estimación de la situación" (2002) y "OVNIs: Mitos, conspiraciones y realidades" (2017). A menudo es invitado como experto en temas OVNI y ha participado en varias conferencias y eventos.

Durante su tiempo en MUFON, había llevado a cabo numerosas investigaciones sobre supuestos avistamientos de ovnis y experiencias relacionadas. Ha discutido el tema de los ovnis en numerosos programas de noticias de radio y televisión. A lo largo de los años, también ha dado conferencias sobre este tema a varias escuelas y adultos.

El investigador OVNI tiene una extensa biblioteca personal de libros, diarios, revistas, periódicos y archivos de casos de ovnis de todo el mundo, que cubren los últimos 70 años. Al hacerlo, examinó la historia detallada de los informes de avistamientos de ovnis y los patrones asociados.

Marler recibió su licenciatura en Psicología de la Universidad del Sur de Illinois en Edwardsville (SIUE). Recibió su certificación en hipnoterapia del Instituto de Hipnosis Mottin and Johnson en St. Louis, Missouri. Es un Técnico Registrado en Polisomnografía (RPSGT) y trabajó en un gran centro médico en St. Louis durante varios años.

David es un investigador independiente de ovnis que se esfuerza por tener una mente abierta sobre el fenómeno OVNI, pero también reconoce la necesidad de un enfoque escéptico al examinar cada informe de ovnis.

Durante años, investigadores serios han sabido que los ovnis triangulares se encuentran entre los tipos más comúnmente observados. El fenómeno ha provocado un feroz debate entre muchos y ha estimulado la imaginación de muchos otros. David Marler ha proporcionado un análisis exhaustivo de los "triángulos" mediante la recopilación, compilación y análisis de cientos de informes. Sus hallazgos están documentados en su libro "Triangular UFOs: An Estimate of the Situation".

Lou Elizondo

Lou Elizondo y Chris Mellon son dos personalidades conocidas en relación con la investigación y las revelaciones de ovnis.

Luis "Lue" Elizondo, un ex oficial de inteligencia militar de EE. UU. y experto en ovnis, es mejor conocido por su papel como jefe del Programa de Identificación de Amenazas Aeroespaciales Avanzadas (AATIP), un programa secreto del Pentágono para estudiar fenómenos aéreos no identificados. Nacido de un exiliado cubano, Elizondo creció en Texas y se graduó de Riverview High School en Sarasota, Florida, antes de estudiar microbiología, inmunología y parasitología. Su carrera militar incluyó 20 años en el Ejército de los Estados Unidos, durante los cuales dirigió operaciones de inteligencia en varias partes del mundo, incluyendo Afganistán y la Bahía de Guantánamo.

Como jefe de la AATIP desde 2012, Elizondo jugó un papel decisivo en el estudio de los fenómenos aéreos no identificados. Su renuncia en 2017, en protesta contra el excesivo secretismo del Pentágono y la resistencia interna, lo convirtió en uno de los representantes más destacados en la discusión OVNI. Elizondo afirma que el programa AATIP existió de 2007 a 2012 y se ocupó de las amenazas del espacio exterior, incluidos los ovnis.

Elizondo se unió a la Academia de Artes y Ciencias "To the Stars" después de su renuncia y trabajó para llevar información sobre ovnis al público. Publicó videos de encuentros con ovnis de la Marina de los EE. UU., que se conocieron como videos de ovnis del Pentágono, y participó en la producción de Pro del documental "Unidentified: Inside America's UFO Investigation".

Sus afirmaciones y esfuerzos han dado lugar a un amplio debate sobre el fenómeno ovni. Elizondo cree que los ovnis pueden proceder de otra dimensión y que el gobierno estadounidense puede estar en posesión de «material exótico» relacionado con estos fenómenos.

Vida

Luis "Lue" Elizondo, ex oficial militar de EE. UU. y experto en ovnis, es mejor conocido por su papel como jefe del Programa de Identificación de Amenazas Aeroespaciales Avanzadas (AATIP) del Pentágono. Elizondo nació en Estados Unidos y pasó su juventud en Texas. Se graduó de Riverview High School en Sarasota, Florida, y luego estudió microbiología, inmunología y parasitología.

Su carrera militar abarcó más de 20 años, durante los cuales dirigió operaciones de inteligencia en varias partes del mundo. Como jefe de la AATIP desde 2012, Elizondo jugó un papel decisivo en la investigación de fenómenos aéreos no identificados. Su renuncia en 2017, en protesta contra el secretismo del Pentágono y la oposición interna, lo convirtió en una figura prominente en la discusión sobre los ovnis.

Elizondo es miembro de la Academia de Artes y Ciencias "To the Stars" y está comprometido a llevar información sobre los ovnis al público. Jugó un papel decisivo en la publicación de videos de ovnis del Pentágono y trabajó en la producción del documental "Unidentified: Inside America's UFO Investigation". Sus esfuerzos han llevado a una amplia discusión sobre el fenómeno OVNI y el papel del gobierno en la investigación de los OVNIs.

Lou Elizondo y Chris Mellon son dos personalidades que son bien conocidas en relación con la investigación y las revelaciones de OVNIs.

Lou Elizondo fue un ex oficial de inteligencia en el Departamento de Defensa de los Estados Unidos y dirigió el Programa de Identificación de Amenazas Aeroespaciales Avanzadas (AA-TIP), un programa que se ocupaba de la detección y el análisis de fenómenos aéreos no identificados, a menudo denominados ovnis. Después de su tiempo en AATIP, Elizondo se convirtió en un destacado partidario de la publicación de información sobre ovnis e hizo apariciones públicas para promover la discusión sobre el tema.

Chris Mellon es un experimentado funcionario gubernamental que ha desempeñado varios cargos en el Departamento de Defensa de EE. UU. También tuvo acceso a información confidencial y más tarde se unió al movimiento de divulgación de ovnis. Mellon ha abogado por un enfoque más transparente para los informes y la investigación sobre ovnis y es miembro del grupo de investigación de ovnis To the Stars Academy of Arts & Science (TTSA).

Tanto Elizondo como Mellon han abogado por una mayor apertura con respecto a las investigaciones e informes de ovnis. Destacaron la importancia de promover la investigación científica y seria para comprender mejor el fenómeno.

Sin embargo, no hay pruebas claras de que Chris Mellon tenga acceso a "todas las capacidades relacionadas con la seguridad de la inteligencia estadounidense". Sin embargo, hay que tener en cuenta que la información sobre los ovnis se asocia muy a menudo con el secreto y la incertidumbre, y no todas las actividades o revelaciones están disponibles públicamente, como es bien sabido.

Chris Mellon

Christopher Karl Mellon, un experimentado político e inversor de capital privado, se ha establecido como una figura líder en la investigación de OVNI/UAP en los últimos años. Nacido el 2 de octubre de 1957, Mellon es parte de la influyente familia Mellon del área metropolitana de Pittsburgh. Su impresionante carrera política incluyó cargos como Subsecretario de Defensa para Inteligencia en las administraciones de Clinton y George W. Bush y como Director de Gabinete del Comité de Inteligencia del Senado de los Estados Unidos.

Mellon es licenciada en Economía por el Colby College y tiene un máster en Relaciones Internacionales por la Universidad de Yale. Después de sus estudios, trabajó en el Capitolio durante doce años antes de asumir varios cargos en el Pentágono. Después de su carrera política, Mellon trabajó como cabildero y como asesor en temas de seguridad nacional.

En los últimos años, Mellon ha estado profundamente involucrado en el fenómeno y la divulgación de OVNI/UAP. Sus opiniones al respecto han cambiado con el tiempo, desde el escepticismo inicial hasta un interés serio en investigar y divulgar estos fenómenos. Jugó un papel decisivo en la publicación de tres videos de ovnis por parte del Pentágono y apareció en varios medios y documentales para difundir sus puntos de vista y llamar la atención del público sobre el problema de los ovnis y los UAP.

John Callahan

John Callahan, ex jefe de la División de Investigaciones de Accidentes de la Administración Federal de Aviación (FAA) en los Estados Unidos, desempeñó un papel crucial en un incidente notable que ocurrió en noviembre de 1986. Como experto en aviación, Callahan tenía la responsabilidad de investigar y analizar accidentes e incidentes en el transporte aéreo.

En el centro de la acción se produjo un incidente de avistamientos extraordinarios de ovnis reportados por la tripulación de un avión japonés durante su vuelo transpacífico.

Durante un vuelo a Japón, la tripulación de un Boeing 747 informó de la presencia de un objeto volador no identificado (OVNI). El oficial de la FAA John Callahan dirigió la investigación del incidente. Después de un análisis exhaustivo del radar y las grabaciones de voz, concluyó que el OVNI era un fenómeno verdaderamente inexplicable.

Callahan organizó una conferencia de prensa en la que mostró las imágenes de radar y las grabaciones de audio. En esta conferencia, dijo que el OVNI era material real y que era visible para todos. También afirmó que se trata de un fenómeno global hombres y no solo un producto de los sistemas de defensa aérea de Estados Unidos.

Una cita de John Callahan es: "Nunca estuvimos aquí, esta reunión nunca sucedió". Esta cita se refiere a la descripción de Callahan de los altos funcionarios del gobierno que trataron de encubrir el incidente. Estas declaraciones subrayan los supuestos esfuerzos por mantener el incidente en secreto. Este incidente permanece sin explicación hasta el día de hoy, y se desconoce la naturaleza exacta del objeto observado.

John Callahan estuvo directamente involucrado en la investigación de este incidente porque, como jefe de la División de Investigación de Accidentes, fue responsable de la evaluación de incidentes inusuales en el espacio aéreo.

El incidente involucró varias observaciones visuales y grabaciones de radar de objetos voladores no identificados que acompañaban a los aviones japoneses. Estos fenómenos inexplicables causaron una preocupación considerable y requirieron un análisis exhaustivo. Callahan llevó a cabo la investigación con la debida seriedad, utilizando los protocolos estándar de la FAA.

Lo que hizo que el incidente fuera particularmente único no fue solo la calidad de las observaciones, sino también el manejo posterior de la información. Callahan decidió no encubrir los resultados de la investigación, sino ponerlos a disposición del público. Esta transparencia poco convencional con respecto a los avistamientos de ovnis por parte de un funcionario gubernamental de alto rango fue inusual y recibió un gran interés.

La investigación dirigida por Callahan y su decisión de publicar información han aumentado en gran medida la discusión sobre los avistamientos de ovnis y la posición del gobierno sobre ellos. A través de su compromiso con la divulgación de información y su contribución a este incidente, se ha establecido como una figura importante en la investigación OVNI.

Avistamientos de ovnis y armas nucleares

Otro fenómeno posterior a los avistamientos de ovnis es que se han producido desactivaciones de misiles defensivos u otras medidas de seguridad en las proximidades de bases militares o instalaciones con armas electromagnéticas. Estos informes a menudo provienen de personal militar o testigos que afirman que los ovnis pudieron afectar o incluso inutilizar los sistemas electrónicos de los misiles. Un ejemplo particularmente conocido ocurrió durante un incidente en noviembre de 2010 cerca de varias bases de armas nucleares de Estados Unidos. Varios testigos presenciales informaron que objetos voladores desconocidos sobrevolaban las turbinas y no solo fueron detectados por las estaciones de radar, sino que también causaron la desactivación de los sistemas de defensa.

Tales afirmaciones a menudo se consideran controvertidas y controvertidas. Sin embargo, muchos de estos informes se basan en testimonios, pero desafortunadamente no hay evidencia científica o evidencia convincente para tales casos. Las declaraciones oficiales de los gobiernos sobre este tipo de incidentes suelen ser cautelosas y no dan ninguna confirmación de tal influencia de los OVNIs. Hay varias hipótesis sobre por qué podrían ocurrir tales informes. Algunos creen que podría tratarse de fallos técnicos o malentendidos, mientras que otros están convencidos de que los ovnis son realmente capaces de intervenir en el funcionamiento de las instalaciones militares. Sigue siendo un tema controvertido en la investigación OVNI, y no hay evidencia clara que respalde tales afirmaciones, pero tampoco hay evidencia de lo contrario.

Por supuesto, siempre se debe mirar dicha información con cautela y exigir la evidencia disponible. También se ofrecen explicaciones alternativas una y otra vez, tales como: Fracasos, malas interpretaciones o actividades militares secretas que podrían jugar un papel aquí.

Las discusiones sobre los ovnis y las posibles influencias en los sistemas militares continúan y es un desafío sacar conclusiones claras. Los investigadores y expertos continúan sus esfuerzos para proporcionar explicaciones sólidas para estos informes y comprender mejor las causas subyacentes.

Linda Moulton Howe

Linda Moulton Howe, una reconocida periodista de investigación y documentalista, se ha ganado una excelente reputación por su trabajo en profundidad en el campo de la ciencia alternativa, particularmente en relación con los ovnis, los extraterrestres, la mutilación de ganado y otros fenómenos paranormales. Su carrera ha estado marcada por la investigación dedicada y una búsqueda incesante de la verdad en áreas que a menudo están envueltas en secreto y controversia. Nacida el 20 de enero de 1942, Linda Moulton Howe comenzó su carrera como productora de televisión y reportera. Su pasión por el periodismo de investigación la llevó a aventurarse en áreas que muchos de sus colegas rehuían. Es mejor conocido por su trabajo pionero en la investigación de ovnis y fenómenos paranormales. El trabajo seminal de Linda Moulton Ho we abarca varias décadas, y sus contribuciones han tenido un impacto significativo en la forma en que las personas piensan sobre estas misteriosas áreas de la ciencia.

Howe se interesó por fenómenos que iban más allá del periodismo convencional a una edad temprana. Su curiosidad y audacia la llevaron a investigar e informar sobre avistamientos de ovnis, contactos extraterrestres y mutilaciones de ganado, que a menudo eran ridiculizados o ignorados en la comunidad científica y el público en general de la época. En la década de 1980, fue pionera en la serie documental de televisión "UFO Report: Sightings". Esta serie se hizo conocida internacionalmente y ofreció una visión bien fundamentada de varios avistamientos y fenómenos OVNI. La experiencia y la capacidad de Ho we para explicar temas complejos de una manera comprensible ayudaron a que la serie fuera un éxito.

Como autora, Linda Moulton Howe ha publicado varios libros que tratan sobre ovnis, contactos extraterrestres y otros fenómenos de hombres paranórdicos. Estos libros no solo son formativos en tamaño, sino que también reflejan su capacidad para hacer que temas complejos sean accesibles a un público más amplio. Ho we es conocida por adoptar un enfoque equilibrado de su trabajo. A pesar del sensacionalismo que a menudo se asocia con estos temas, se ha esforzado por proporcionar información seria y precisa. Su compromiso con los hechos y el pensamiento crítico la han convertido en una persona respetada en la ciencia alternativa.

El trabajo continuo, las conferencias y la participación de Linda Moulton Howe en varios proyectos de medios continúan ayudando a crear conciencia sobre las posibilidades y misterios de lo desconocido. Sus conocimientos e investigaciones han ayudado a avanzar en el discurso sobre los ovnis y los fenómenos paranormales.

Un hito en su carrera fue su extenso estudio de la mutilación de ganado a finales de la década de 1970. Su minuciosa cobertura de este desconcertante fenómeno la llevó a la vanguardia de la ciencia alternativa. Howe entrevistó a testigos, agricultores y expertos para documentar los misteriosos incidentes y presentar información precisa al público.

Linda Moulton Howe sigue siendo una figura clave en la ciencia alternativa, y sus contribuciones han ayudado a crear conciencia y promover el diálogo sobre los fenómenos paranormales.

Bob Lazar

Bob Lazar es una figura controvertida que afirma que trabajó en la ingeniería inversa de naves espaciales alienígenas a finales de la década de 1980 en la base secreta S-4 cerca del Área 51. Sus afirmaciones han despertado un gran interés en la comunidad OVNI y han dado lugar a numerosas especulaciones sobre la tecnología extraterrestre y el secretismo por parte de las agencias gubernamentales.

Lazar afirma que estudió nueve aviones diferentes, a los que llamó "modelos deportivos", y que estas naves espaciales estaban propulsadas por el elemento 115, que aún no se había sintetizado en la Tierra en ese momento. Según sus declaraciones, jugó un papel clave en la identificación y análisis de esta tecnología extraterrestre, a la que calificó de pionera y revolucionaria. Lazar afirma que el avión en el que trabajó utilizaba tecnologías avanzadas como los forzamientos antigravitatorios y la distorsión del espacio-tiempo para moverse por el espacio. Estas afirmaciones han despertado tanto entusiasmo como escepticismo en la comunidad científica y siguen siendo controvertidas.

Aunque las afirmaciones de Bob Lazar tienen un gran número de seguidores, muchos eruditos y escépticos las consideran infundadas e inverosímiles. Hay varias contradicciones e inconsistencias en sus historias, y no hay evidencia verificable de sus supuestas actividades o de la existencia de tecnología extraterrestre.

Robert Lazar, hijo de Albert Lazar y Phyllis Berliner, afirma que su currículum fue "borrado" por organizaciones secretas del gobierno. No hay evidencia pública de su educación en Caltech o MIT, aunque afirma haber estudiado allí. Sus declaraciones sobre su carrera profesional y su vida personal son contradictorias y polémicas.

El mensaje central de Lazar se refiere a su trabajo sobre tecnología alienígena para el gobierno estadounidense, en particular la investigación del elemento 115 como fuente de energía para naves espaciales extraterrestres. Estas afirmaciones han sido criticadas y cuestionadas por algunos científicos porque contradicen el conocimiento científico actual.

A pesar de la controversia, Bob Lazar sigue siendo una figura muy conocida en la investigación de ovnis y tiene un gran número de seguidores que siguen apoyando y defendiendo sus historias.

Contratista del Servicio Secreto de EE.UU. David Grusch

En 2023, el contratista de inteligencia estadounidense David Grusch afirmó bajo juramento ante los legisladores en Washington que el gobierno de Estados Unidos estaba en posesión de ovnis estrellados e incluso de alienígenas muertos. Grusch también declaró en una entrevista que el Pentágono está en posesión de restos de ovnis del tamaño de un campo de fútbol, que son los restos de ovnis estrellados que definitivamente no fueron hechos por el hombre. Otro punto es que el Ministerio de Defensa también debería tener a su disposición preparados biológicos no humanos.

Con esta declaración jurada contra el Pentágono, David Grusch ha sacudido claramente la credibilidad del gobierno. En esta declaración, el ex oficial de inteligencia y veterano de Afganistán altamente condecorado acusó al Pentágono de encubrimiento, entre otras cosas. Grush, un ex funcionario del Pentágono que realizó investigaciones sobre ovnis y fenómenos anómalos no identificados, confirmó estas declaraciones bajo juramento. Dado que este caso involucraba contenido estrictamente confidencial, también dejó en claro que temería por su vida a partir de ese momento. También insinuó que en algún lugar de un sótano del Pentágono u otra oficina había un depósito secreto con pruebas extraterrestres. En sus comentarios posteriores, el denunciante confirmó que nunca se había publicado que un OVNI con forma de campana se hubiera estrellado en Italia en 1933. Este OVNI fue recuperado por soldados estadounidenses en la Segunda Guerra Mundial y supuestamente traído a los Estados Unidos. Con este fin, se llevaron a cabo discusiones con 40 testigos presenciales, según Grusch.

El ex piloto de la Marina David Fravor también informó de un encuentro con un objeto no identificado en 2004. Según las mediciones de radar, este objeto se alejó a una velocidad de 5760 km/h. Por supuesto, estos encuentros con ovnis también fueron negados por el Pentágono.

Mientras tanto, se han hecho públicos los testimonios jurados de David Grusch y David Fravor.

Senador Harry Reid

El senador Harry Reid fue un político destacado en los Estados Unidos y ocupó el cargo de líder de la mayoría del Senado. Su carrera política abarcó varias décadas y tuvo una influencia significativa en la política estadounidense. Además de sus logros políticos, Reid también es conocido por su papel en la investigación de ovnis.

Reid nació el 2 de diciembre de 1939 en Searchlight, Nevada. Se graduó de la Universidad Estatal de Utah y sirvió en el Ejército de los Estados Unidos antes de ingresar a la política. Su carrera política comenzó a principios de la década de 1960, cuando se convirtió en miembro de la Asamblea del Estado de Nevada. Más tarde se convirtió en presidente de la Comisión de Juegos de Nevada antes de ser elegido para el Senado de los Estados Unidos en 1986. En el Senado, Reid ascendió rápidamente y finalmente se convirtió en el líder de la mayoría del Partido Demócrata. Esta posición le dio una considerable influencia y poder en el panorama político de los Estados Unidos. Durante su mandato como Líder de la Mayoría, desempeñó un papel fundamental en la creación y financiación del Programa de Identificación de Amenazas Aeroespaciales Avanzadas (AATIP). Este programa, que estuvo activo de 2007 a 2012, tenía como objetivo recopilar informes sobre avistamientos de ovnis, analizarlos y verificarlos para detectar posibles amenazas relacionadas con la seguridad.

Sin embargo, Harry Reid no solo era conocido por sus logros políticos. Su interés por los fenómenos inusuales, especialmente los ovnis, se hizo de conocimiento público.

El Sr. Reid desempeñó un papel clave en la obtención de fondos para el programa AATIP. En este contexto, se recopilaron, analizaron y verificaron informes sobre avistamientos de ovnis para detectar posibles amenazas relevantes para la seguridad. El programa duró hasta 2012 y luego se suspendió oficialmente. Sin embargo, ha ayudado a crear conciencia sobre el fenómeno OVNI al más alto nivel político. La participación de Reid en la investigación de ovnis se hizo pública en 2017 cuando apareció en un artículo en el New York Times informando sobre la AATIP y la investigación del gobierno de los EE. UU. sobre ovnis. El Sr. Reid enfatizó la importancia de estudiar este tema seriamente y pidió un enfoque científico para comprender el fenómeno OVNI.

Su actitud e influencia contribuyeron a intensificar la discusión sobre los ovnis en los Estados Unidos. El senador Harry Reid falleció el 28 de diciembre de 2021, pero su legado en la política y en términos de su participación en la investigación OVNI sigue siendo significativo.

Su decisión de lanzar y financiar el Programa de Identificación de Amenazas Aeroespaciales Avanzadas (AATIP) demuestra un profundo interés en la investigación sobre los Objetos Voladores No Identificados (OVNIs) y sus amenazas potenciales. Este programa, que impulsó durante su mandato como líder de la mayoría en el Senado de los Estados Unidos, marcó un hito en el debate oficial sobre el fenómeno OVNI.

El compromiso de Reid con la AATIP fue innovador, ya que fue la primera vez que se utilizaron recursos oficiales y gubernamentales para investigar sistemáticamente los avistamientos de ovnis. Esto subraya su deseo de aplicar métodos científicos a un fenómeno que anteriormente se impulsaba a menudo en el ámbito de la especulación y el sensacionalismo.

El AATIP fue creado no solo para documentar avistamientos de ovnis, sino también para analizar posibles amenazas relacionadas con la seguridad. Esto subraya el enfoque pragmático de Reid, que se basó no solo en el interés científico, sino también en la responsabilidad de comprender las amenazas potenciales a la seguridad nacional. La decisión de financiar el AATIP ciertamente no estuvo exenta de controversia, y Reid enfrentó posibles críticas. Sin embargo, esta decisión muestra su voluntad de ir más allá de las convenciones políticas y abordar temas que a menudo se consideran marginales.

Los pasos de Reid para financiar el AATIP condujeron a una cierta normalización de la discusión sobre los ovnis en los círculos políticos y científicos.

El hecho de que un político respetado como Reid utilizara los recursos y la influencia del gobierno para investigar los avistamientos de ovnis le dio al tema una nueva credibilidad. También abrió el camino para otros investigadores y expertos interesados en el estudio de los ovnis, y allanó el camino para un discurso racional y basado en la ciencia sobre estos fenómenos.

Las consecuencias de la participación de Reid se extienden mucho más allá de los avistamientos de objetos voladores no identificados. Su contribución ha ayudado a abrir el diálogo sobre la relación entre el gobierno y los fenómenos potencialmente extraterrestres. Este puente entre la política y la investigación OVNI no solo ha llamado la atención sobre las posibilidades de vida extraterrestre, sino que también ha dado un paso importante hacia la transparencia y la apertura en un área que antes se caracterizaba por el secretismo y la especulación.

No se puede exagerar el impacto de su participación en la conciencia pública. A través de su liderazgo y apoyo a la AATIP, Reid sacó el tema de los ovnis de las sombras del sensacionalismo y las teorías de conspiración y lo llevó al ámbito de la investigación seria. Sus esfuerzos ayudaron a crear conciencia sobre el tema y estimularon una amplia discusión sobre los fenómenos extraterrestres en los Estados Unidos.

Reflexiones generales

La cuestión de hasta qué punto podrían estar por delante de nosotros las posibles civilizaciones extraterrestres surge en este contexto. Tal vez ya han alcanzado un nivel tan alto de civilización que las guerras han sido hace mucho tiempo cosa del pasado para ellos. No hay duda de que podríamos aprender mucho de los extraterrestres, especialmente en lo que respecta al mayor problema de la humanidad: los recursos limitados en comparación con la creciente población. Es concebible que los extraterrestres ya hayan encontrado con éxito soluciones a tales desafíos. Queda claro que hay muchas cosas que aún no sabemos, muchas oportunidades que tenemos por delante y muchos riesgos que podrían venir. Aun así, también hay muchas oportunidades, sobre todo teniendo en cuenta lo improbable que es que existamos solos en el vasto universo.

Cuando asumimos que algo es posible que no entendemos, se vuelve mágico para nosotros. La magia es algo contra lo que no podemos luchar porque simplemente no lo entendemos. Es por eso que tendemos a ignorarlo y desterrarlo de nuestra conciencia. Hay tanto que aún no entendemos, y tal vez la razón de esto es que ni siquiera podemos imaginar lo que podría existir.

Las declaraciones de varios ex oficiales de inteligencia también son motivo de reflexión. Estas personas no son sensacionalistas, sino expertos experimentados que están familiarizados con la información de los servicios secretos y los asuntos de seguridad. Los gobiernos a menudo afirman que se están probando nuevos objetos voladores para observar la reacción de la población. Pero no está claro por qué estos objetos voladores se utilizan en áreas donde no hay una razón lógica para hacerlo. Hay áreas dedicadas a probar nuevos aviones, y no tiene sentido usarlas en áreas densamente pobladas o áreas rurales.

Algunos avistamientos de ovnis sugieren que el modo de vuelo está diseñado como si alguien estuviera mapeando, dibujando y examinando la Tierra. Esta afirmación no proviene de observadores casuales, sino de oficiales militares de alto rango de las fuerzas armadas estadounidenses y oficiales de inteligencia del FBI y la CIA. No se trata de personas que puedan haber visto algo en algún momento; Son observadores experimentados con conocimiento interno.

Es comprensible por qué hay teorías conspirativas. No importa lo que sea, los miembros de alto rango del gobierno, los líderes militares y quien sea, están contribuyendo a plantear más y más preguntas. Y eso es algo bueno, porque ¿por qué se mantiene a la población en la oscuridad? ¿Por qué hay que firmar cláusulas de confidencialidad? Durante muchas décadas, aparentemente con la esperanza de que la persona que firmó esta cláusula de confidencialidad muera antes de que termine. Si algo cae al suelo, debe ponerse a disposición del público e informarse concienzudamente al respecto. Pero entonces no hay necesidad de una cláusula de confidencialidad.

Sin embargo, me pregunto por qué debería ser tan complicado cuando incluso Fibonacci, una secuencia matemática, se usa para tratar de establecer comunicación o enviar información al espacio. En una discusión con amigos, un pensamiento se discutió una y otra vez: ¿Seres que son capaces de volar muchos kilómetros, visitar otros planetas, alcanzar velocidades de luz de varios aproximadamente 1000 km/h, no deberían ser capaces de entendernos? Ninguno de nosotros cree en ello. Pero, ¿qué pasa si los seres del espacio exterior ya han visitado nuestro planeta? O aún más, ¿qué pasaría si estos extraterrestres han estado viviendo entre nosotros durante muchos años o siglos?

Cuando, después de muchas décadas, el personal militar de alto rango jura bajo juramento que no solo las naves espaciales han aterrizado en la Tierra, sino que también se han encontrado extraterrestres, que hay habitaciones secretas bajo tierra, dondequiera que estén, en las que se encuentran varios objetos voladores extraterrestres, y que la investigación sobre objetos voladores se lleva a cabo en estos centros subterráneos, y también investigaría la investigación sobre los cuerpos de seres extraterrestres heridos de muerte, esto ya se ha comunicado varias veces. Personas que se habían comprometido a guardar silencio mediante tratados durante más de cinco décadas ahora están rompiendo ese silencio. Y ahora mismo es el momento adecuado para pensar en cómo podemos comunicarnos con los extraterrestres.

Testimonios de personas que hacen declaraciones bajo juramento, fotos de ovnis tomadas en diferentes lugares de la tierra, todo esto debería hacernos reflexionar. Y así, la única pregunta es si han estado viviendo entre nosotros durante mucho tiempo o si simplemente nos están visitando. En cualquier caso, deberíamos encontrar alguna forma de comunicarnos con ellos. En realidad, es inconcebible que oficiales militares de alto rango, investigadores, personas con títulos se encarguen de estos avistamientos de ovnis. Pero recién ahora lo vamos a hacer público. Sin embargo, todavía se descarta como una tontería y se pone en el cajón de las teorías de la conspiración.

Es de esperar que las personas con una mente normal puedan usar sus cerebros para ver por sí mismos. Desafortunadamente, es absolutamente imposible obtener documentos que realmente digan algo. Pero 50 años de secretismo también dicen mucho. ¿Por qué tantos pilotos de la Fuerza Aérea y oficiales de alto rango tienen miedo de hablar cuando de todos modos no hay ovnis y todos son solo globos meteorológicos?

El título de la guía "Vida en el Universo, Nuestro Futuro con Extraterrestres – Diplomacia en el Espacio" nos ha dado mucho en este libro. Pero donde no hay material de lectura, se nos permite dejar que nuestros pensamientos fluyan libremente. Aquí debemos aprovechar la oportunidad para imaginar por nosotros mismos por qué hay una razón para mantener en secreto los posibles avistamientos de ovnis. El hombre debería preguntarse qué pasaría, qué sería a los si los avistamientos de ovnis se confirmaran públicamente. Si alguien entra en escena y dice que ha hablado con un extraterrestre y puede probarlo, los científicos lo planean de antemano para no admitir nada más. Es de esperar que haya pánico masivo. ¿Cómo reaccionarían usted o su vecino? ¿Se acercarían todos a la criatura extraterrestre con calma, calma y sin miedo? ¿O la gente se armaría para eliminar un supuesto peligro? Esta pregunta también debe ser admitida y, sobre todo, pensada en el contexto de la comunicación con extraterrestres. Hemos podido aprender mucho con esta guía, realmente hemos pensado en hacer estas líneas lo más simples posible, pero también lo más eficientes posible. Esperamos sus pensamientos, les deseamos encuentros y comunicaciones interestelares y armoniosas.

Epílogo

Estimados lectores,

Con la conclusión de nuestra guía de estrategias de comunicación con extraterrestres, nos gustaría agradecerles su atención e interés. Esperamos que hayas obtenido nuevos conocimientos mientras lo leías y que esta guía haya inspirado aún más tu curiosidad por la comunicación extraterrestre.

El tema de la comunicación con los extraterrestres sigue siendo un amplio campo de especulaciones e hipótesis. Nuestro conocimiento y experiencia en esta área es limitado y, lamentablemente, muchas preguntas siguen sin respuesta. Sin embargo, creemos que vale la pena reflexionar y abordar estas cuestiones.

Los seres humanos somos curiosos por naturaleza y tenemos la necesidad de explorar lo desconocido. La posibilidad de comunicarse con vida extraterrestre abre un mundo fascinante lleno de posibilidades y desafíos. Hay espacio para la especulación, pero también para la investigación y la investigación científica. Es nuestra responsabilidad abordar esta cuestión de manera responsable. La comunicación con los extraterrestres requiere no solo habilidades técnicas y lingüísticas, sino también una profunda comprensión de la ética, la moral y la sensibilidad intercultural. Abordar estas preguntas puede desarrollarnos aún más como humanidad y alentarnos a mirar más allá de nuestros propios horizontes.

Nos gustaría animarles a desarrollar sus propios pensamientos e ideas sobre el tema de la comunicación extraterrestre y a compartirlos con otras personas. El intercambio de perspectivas y la discusión de diferentes enfoques son la clave para una comprensión más profunda y una exploración conjunta de este fascinante campo.

Por último, nos gustaría agradecerle de nuevo su tiempo e interés. Esperamos que esta guía te haya dado algo de inspiración o de reflexión. Que descubramos nuevas formas de comunicarnos con la vida extraterrestre en el futuro, expandiendo nuestra propia humanidad en el proceso.

De hecho, debería hacernos muy felices vivir en este tiempo. Hemos dejado atrás la era de los dinosaurios y hemos podido ser testigos de cómo se han desarrollado pueblos, países y generaciones. Desafortunadamente, también hemos tenido que experimentar guerras con demasiada frecuencia en nuestras vidas hasta ahora. Pero podemos estar agradecidos si no nos vimos directamente afectados.

En nuestra sociedad, hay personas que se dedican a la investigación en diversos campos y científicos que ya han investigado mucho más de lo que está disponible para nosotros. Lo que nos fascina a todos personalmente: Vivimos en una época en la que mucho ya está en el pasado y aún más en el presente. Pero nuestro futuro aún está por delante. ¿Quién sabe lo que nos tiene reservado? Sin embargo, estamos absolutamente convencidos de que nuestro futuro ya ha comenzado y no solo tendrá lugar con nosotros, los humanos, en la tierra.

Muchas gracias por su compañero en este fascinante viaje.

Saludos cordiales,
 Sissi Ram y equipo

Referencias

Aquí encontrará fuentes disponibles públicamente sobre los estudios reportados que contienen información sobre los procesos mencionados.

Proyecto Libro Azul

 Fuerza Aérea de los Estados Unidos. (1955). Proyecto Libro Azul Informe Especial N° 14. Washington, D.C.: Fuerza Aérea de los Estados Unidos.

 Ruppelt, E. J. (1956). El Informe sobre Objetos Voladores No Identificados. Nueva York: Doubleday.

 Archivo Nacional. (O. J.). Proyecto Libro Azul.

Los Majestuosos Doce (MJ-12)

 Buch: "El Informe sobre Objetos Voladores No Identificados" de Ed ward Ruppelt

 Libro: "Top Secret/Majic" de Stanton T. Friedman

 Documental: Libro "Mirage Men: Una aventura en la paranoia, el espionaje, la guerra psicológica y los ovnis" de Mark Pilkington.

 Buch: "OVNIS y gobierno: una investigación histórica" von Michael Swords, Robert Powell, et al.

 Documental: "El Secreto" https://de.wikibrief.org/wiki/Majestic_12

El incidente OVNI de Kecksburg

 Buch: "La Enciclopedia OVNI lopedia: El fenómeno desde el principio" de Jerome Clark

 Buch: "OVNIs: Generales, Pilotos y Funcionarios del Gobierno Dejan Constancia" von Leslie Kean

Artículos y archivos de noticias en línea: relatos originales y testimonios

Rudloe Manow
https://en.wikipedia.org/wiki/RAF_Rudloe_Manor
Investigación en línea: "Incidente OVNI de Rudloe Manor" o "OVNI de Rud loe Manor". Artículos en línea, foros de discusión y otras fuentes de información
Foros y comunidades en línea
Documentales y programas de televisión

La crisis de los misiles nucleares de Malmstrong: documentales y programas de televisión

Incidente de Roswell
Libros: "El accidente OVNI de Roswell: Lo que no deberías saber" de Kal K. Korff
"Testigo de Roswell: Desenmascarando el mayor encubrimiento del gobierno" por Thomas J. Carey y Donald R. Schmitt
Roswell: El último caso sin resolver cerrado" por Thomas J. Charey y Donald R. Schmitt
Documentales:
"Unsealed: Alien Files" (Temporada 1, Episodio 1 – "Roswell: Top Se cret") – Una serie documental que cubre varios temas OVNI y alienígenas
"El incidente OVNI de Roswell" (1994) – Un documental que trata sobre los eventos en Roswell y las diversas teorías que los rodean.
"El incidente OVNI de Roswell" (1994) – Un documental que trata sobre los eventos en Roswell y las diversas teorías que los rodean.

Archivos Históricos y Sitios de Investigación OVNI

Luz Fénix
Documentales: "Las luces del fénix" (2005)
Libros: "Las Luces del Fénix: El descubrimiento de un escéptico de que no estamos solos" por Lynne D. Kitei, M.D. – Un libro escrito por un testigo ocular del incidente
Artículos periodísticos y archivos: Arizona Republic, 18 de marzo de 199
Fuentes de Internet: Phoenix Lights Network

Incidente en el bosque de Rendlesham
Libro: "Left at East Gate: Un relato de primera mano del incidente OVNI del bosque de Rend Lesham, su encubrimiento e investigación" de Larry Warren y Peter Robbins
Documental: "Incidente OVNI de Rendlesham" (2014)
Artículos periodísticos y archivos Fuentes deInternet

Incidente de Ariel
Libro: "Ariel: La increíble historia verdadera de la ab ducción OVNI de una escuela entera en 1994" por Randall Nickerson
Documental: "Fenómeno Ariel" (2019)
Artículos periodísticos y archivos Fuentes de Internet

Incidente de Varginha
Libro: "Varginha – Toda a verdade" de Marco Antônio Petit
Documental: "Varginha: El Roswell de Brasil" (2002)
Artículos periodísticos y archivos
Fuentes de Internet

Incidente de Travis Walton

Libro: "Fuego en el cielo: La experiencia Walton" de Travis Walton

Documental: "Fuego en el cielo" (1993)

Artículos periodísticos y archivos

Entrevistas y documentales

Betty y Barney Hill

Libro: "El viaje interrumpido" de John G. Fuller

Documental: "El incidente OVNI" (1975)

Entrevistas y reportajes

Instituciones de investigación OVNI: Organizaciones como la Red Mu tual OVNI (MUFON) y el Centro para el Estudio de la Inteligencia Extraterrestre (CSETI)

Incidente de Shag Harbour

Libro: "Objeto Oscuro: El Único Accidente OVNI Documentado por el Gobierno del Mundo" por Don Ledger y Chris Styles

Documental: "Archivos OVNI: Roswell de Canadá"

Instituciones de investigación OVNI: Organizaciones como la Red Mu tual OVNI (MUFON) y el Centro para el Estudio de la Inteligencia Extraterrestre (CSETI)

Informes de noticias contemporáneas y artículos de los medios de comunicación canadienses, así como informes internacionales

Incidente de Cash-Landrum

Libro: "El Incidente OVNI de Cash-Landrum" de John F. Schuessler

Documentales: "UFO Hunters: Alien Fallout" y "Un solved Mysteries: UFO".

Organizaciones de Investigación OVNI: La Red Mutua OVNI (MUFON) y el Centro para el Estudio de la Integración Extraterrestre (CSETI)
Informes de noticias contemporáneos: "El Tim mes de Nueva York".

Incidente de Vostok
Libro: "Los OVNIs y el Estado de Seguridad Nacional: El encubrimiento expuesto, 1973-1991" de Richard Dolan

Incidente de Río Cuarto
Libro: "OVNIS y armas nucleares: encuentros extraordinarios en sitios de armas nucleares" de Robert Hastings.

Identificación avanzada de amenazas aeroespaciales
Hasta donde sabemos, no existe un estudio de caso específico titulado "Identificación de amenazas aeroespaciales avanzadas". Sin embargo, parece ser un tema que se está discutiendo en el contexto de la investigación OVNI y las posibles amenazas en el espacio aéreo. Si está buscando más información sobre este tema, puede buscar artículos científicos, documentos gubernamentales o libros sobre investigación OVNI, defensa aérea y asuntos militares. Es posible que la información sobre este tema aparezca bajo varios términos o en relación con organizaciones conocidas como el Departamento de Defensa de los EE. UU. o la Marina de los EE. UU.

Hessdalen
El fenómeno de las luces de Hessdalen ha sido documentado e investigado desde principios de la década de 1980. Una fuente importante de información es el sitio web oficial hessdalen.org, que está gestionado por el Proyecto Hessdalen y publi-

ca sistemáticamente informes, datos e investigaciones sobre los fenómenos lumínicos.

Además, los artículos científicos en el Journal of Scientific Exploration ofrecen importantes análisis y teorías sobre las causas de los fenómenos lumínicos.

La Universidad Noruega de Ciencia y Tecnología (NTNU), especialmente a través de investigadores como el Dr. Erling Strand, desempeña un papel central en el estudio de las luces de Hessdalen, respaldado por extensos estudios de campo y técnicas de medición.

El Instituto Meteorológico Noruego aporta datos meteorológicos para el análisis de las posibles influencias atmosféricas.

Medios como National Geographic

Paul Hellyer
Sitio web: https://www.paulhellyerweb.com/
https://en.wikipedia.org/wiki/Paul_Hellyer
Libros: Hellyer, Paul. "La mafia del dinero: un mundo en crisis". Día del Trígono, 2014

Haim Eshed
https://en.wikipedia.org/wiki/Haim_Eshed
Entrevista en el periódico israelí Yediot Aharonot: https://www.ynetnews.com/article/BJQ7C8iIQ
Libro: "El Universo Más Allá del Horizonte: Conversaciones con el Profesor Haim Eshed" de Hagar Yanai

David Marler
Sitio web: https://davidmarlerufo.com/
Guión: Marler, David. "Ovnis triangulares: una evaluación de la situación". Richard Dolan Press, 2013

Lou Elizondo
Entrevista en el New York Times: https://www.nyti
mes.com/2017/12/16/us/politics/pentagon-program-ufo-har
ry-reid.html

Chris Mellon
Artículo de Politico: https://www.politico.com/sto
ry/2019/06/01/ufo-sightings-navy-pilots-1340920

John Callahan
Entrevista en la serie de History Channel "Unidentified":
https://www.history.com/shows/unidentified-inside-americas
investigación OVNI

Linda Moulton Howe
Sitio web: https://www.earthfiles.com/
Libro: Howe, Linda Moulton. "Reflexiones sobre otras reali-
dades
Tomo II: Alta Extrañeza. LMH Producciones, 1998

Bob Lazar
Documental: "Bob Lazar: Area 51 & Flying Sau cers" (2018)
de Jeremy Kenyon Lock
Entrevista en el podcast Joe Rogan Experience:
https://www.youtube.com/watch?v=BEWz4SXfyCQ

David Grush
Audiencia pública del Congreso 2023 / Medios de comunicación

Harry Reid

 Entrevista en el New York Times:

https://www.nyti mes.com/2017/12/16/us/politics/penta-
gon-program-ufo-har ry-reid.html

Renuncia

El contenido de este libro ha sido creado con el mayor cuidado y según nuestro mejor conocimiento y creencia. Son solo para fines informativos y no constituyen asesoramiento legal, médico, financiero u otro tipo de asesoramiento profesional.

El autor no asume ninguna responsabilidad por la actualidad, corrección, integridad o calidad de la información proporcionada. Queda excluida cualquier responsabilidad por daños materiales o inmateriales que resulten del uso o no uso de la información proporcionada, siempre que no haya culpa intencional o negligencia grave.

La implementación de las recomendaciones y soluciones presentadas en el libro es responsabilidad exclusiva de los lectores. Para preguntas individuales o situaciones personales especiales, se debe consultar a especialistas o expertos si es necesario.

Este trabajo y su contenido no sustituyen el asesoramiento personal o el apoyo de especialistas calificados.

Este libro fue generado y revisado con el apoyo de IA.

Sobre el autor

Sissi Ram nació en Austria y descubrió su pasión por el conocimiento y el aprendizaje a una edad temprana. Este afán por entender cosas nuevas la llevó a aprender y desempeñar con éxito varias profesiones. Tras una satisfactoria vida profesional y una larga pasión por la escritura, decidió compartir su trabajo con el mundo.

Como autora de guías, se dedica a temas centrales y actuales de la vida. Sus diversas experiencias profesionales y personales, así como su entusiasmo por la investigación y la escritura, le permiten ofrecer a sus lectores valiosos puntos de vista y orientación práctica.

Con sus libros, quiere ofrecer orientación, alimento para la reflexión y proporcionar herramientas útiles, siempre claramente formuladas y con un enfoque en lo esencial.

Vista previa de libros

¡Gracias por leer!

Me alegro de que hayas leído mi primer libro publicado. ¡Esto es solo el comienzo de mi viaje editorial!

En los próximos meses, publicaré más libros que he escrito con pasión durante muchos años. Podrá disfrutar de temas apasionantes, conocimientos detallados y guías prácticas que enriquecerán su vida cotidiana.

Todos los libros internacionales se publican en alemán, inglés y español, tanto en edición impresa como en libros electrónicos, para que puedas disfrutarlos en cualquier lugar y en cualquier momento.

Estén atentos y déjense sorprender por el valioso contenido que esperan en los próximos libros.

Les invito cordialmente a seguirme para mantenerse informados de las nuevas publicaciones.

¡Nos vemos pronto en mi próximo libro!

Un vistazo a los libros de Sissi Ram

1. Primer libro: La vida en el universo

¿Qué pasaría si los extraterrestres realmente hicieran contacto con nosotros? En esta guía, Sissi Rasm examina la cuestión con seriedad y sin un enfoque de ciencia ficción: ¿Cómo cambiaría ese contacto nuestras vidas y nuestra sociedad? El libro nos anima a replantearnos nuestra posición en el universo.

2. Próxima publicación: Seguridad en Internet – ¿Qué significa seguridad en Internet?
 Esta guía destaca los riesgos del uso de Internet y ofrece soluciones prácticas para protegerse contra amenazas como el phishing, el robo de identidad y otros peligros. Sissi Ram ofrece consejos fáciles de entender sobre cómo navegar de forma segura en el espacio digital.

3. Proyecto futuro: Cuidar a los familiares en casa
 Basándose en sus propias experiencias, este libro ofrece ayuda a las personas que de repente se enfrentan al reto de cuidar a sus familiares. Responde a preguntas como: ¿Qué se necesita? ¿Qué soporte está disponible? ¿Y cómo se puede facilitar el cuidado diario? Una valiosa guía para todos los afectados.

Opciones de idioma y formato
 Los libros de Sissi Ram se publican en diferentes idiomas:
 Alemán, inglés y español: La vida en el universo y la seguridad en Internet.
 Alemán: Cuidado de familiares en casa (como libro de bolsillo y libro electrónico). Todas las obras están disponibles tanto en edición impresa como en libros electrónicos y ofrecen el formato adecuado para cada lector

Aviso legal:
Sigrid Trieb
Werk VI Straße 22
A-8605 Kapfenberg

www.ingramcontent.com/pod-product-compliance
Lightning Source LLC
Chambersburg PA
CBHW061033250726

48653CB00001B/81